U0032740

序言

在《聯合報》「名人堂」發表作品，是我寫作態度最為謹慎的時刻之一。在這個以議論為主的書寫平台，除了避免在眾目睽睽之下犯錯，我需要抵抗、需要迴避的誘惑也很多：

淋漓盡致、快意恩仇的主觀表達、攻擊挖苦、媚俗取寵的自我標榜、或是輕率濫用了論述者的特權……但是類似的負面教材，大眾傳播媒體以及網路貼文已經提供給我們許多——而且最重要的，這些從來就不是我的書寫風格。

關於我的書寫風格，在一九八八年《亞熱帶習作》的序言中，我是如此詮釋的：

「……屬於我自己，以及少數性格接近的人可以熟悉或使用的語言。

它的特色在於溫和拘謹的遣詞用字、在於曲折破格的句法、在於保留的語調與純正的音色；

它表達，同時也塑造了一種觀點：

一種努力去深思熟慮的觀點，

一種對精確傳達不懈的熱誠，

或一種為求精確而遲疑、猶豫，甚至自我否定的觀點。

一種冷靜的修辭學不就來自冷靜的觀點嗎？

一種冷靜的修辭學不是也可以建構出冷靜的觀點嗎？……」

我重視我的語言，因為我所有心靈、所有心智活動的內容只能託寄於它、等同於它；沒有其他形式，也沒有其他未經語言辨識、標記、表現而獨立存在的內容了。

但是「名人堂」不是純文學書寫的場域，去和懷著不同習性、不同期待與各式立場的讀者創造交集、形成對話是它最基本的課題。

我的興趣、專長與關懷可以和讀者形成什麼樣的交集呢？

在參與這個書寫平台時，我想要追求什麼呢？

也許是某種刺探與學習吧？

謹慎地使用語言，逐步洩漏自己的風格與觀點——但是我仍然在表達立場時作了過度的抑制——我採取了另一種策略：去展示、演練我的思考與表達方式，努力提供某種洞察、某種分析與反省，或有助於人們更加了解彼此的閱讀體驗。

我書寫緩慢、常常脫稿、總是跟不上議題的時效（所以常聚焦於較少時效性的主題），不料幾年下來，竟然也累積出一本書的篇幅了。

但是我希望這本書可以再充實些，所以除了「名人堂」發表的方塊文章之外，也收進一些篇幅和體例較為接近的論述，其中有五篇是和胡晴舫在《聯合報》的「相對論」進行的筆談；那些主題都不是我主動提出，卻一直念茲在茲的。篇幅最長的一篇，對我來說頗有紀念價值；那是二〇一一年七月自香港返台時，到總統府月會作專題報告的講稿的刪修版，冠了一個我常用的題目「巫師與女巫的國度」，談的則是從香港經驗來省察台灣的軟實力。

至於書名「知識也是一種美感經驗」，表達了在生活、思想或創作領域我渴望「知」、「感」兼具的主張，暗示知識的追求可以溫暖迷人，同時充實我們的心靈與大腦。它最早出現於二〇〇六年我在台灣文學館對談所設的題目，一直覺得可以好好把個中訊息標舉出來，所以就拿它當書名了！

在各種出版的作品中，我的評論相對較少。可是私底下，我的議論與意見其實很多，而且愈來愈多，有一些不吐不快，甚至形成創作上很大的壓力……是啊！世界變動如此巨大、生活如此繁瑣、社會如此迷惑，大腦過動，屢屢陷溺於自己和別人困境的我，怎麼可能沒有話要說？

或者，我早已在內心裡叨絮了千百遍，卻始終遲疑著，不願公開、不願以文字來表現？

我怕一旦開啟了議論、品評的閘口，就會糾纏其中，再也停不下來……

當年，在威斯康辛大學總圖書館，望著滿滿一書架的魯迅著作，總有一種說不出來的惋惜。因為在這當中，膾炙人口、眾所期待的文學作品，只有薄薄幾冊。我曾被他那種孑然清醒、椎心迷人的小說強烈吸引，而嘗試尋找更深入的索讀，但是一切似乎淺嘗即止：那個擾攘的時代激發著他，也牽絆著他。這當中也許有很大一部分是性格因素，也許他的出生就是為除魅、為對抗而來，而我注定退處邊緣，自顧不暇於和自己的性格抗爭……

但是我的態度和旗幟依舊是鮮明的、易於區隔的，不論是抒情或評論，字裡行間所承載的，是我唯一可以貢獻別人的東西。所以還是毫不猶豫的，把這些文字結集，呈現在你面前。

目次

【規則的想像】

【城市觀察】

【閱讀與體驗】

【寫作與思索】

【附錄】

【創意與思考】

知識也是一種美感經驗

知識激發想像，是想像力的能源。

知識提升想像，因為它同時也是想像的基本素材；知識愈豐富，想像的空間愈深廣。

我們的創意和想像力不是憑空發生的，它需要動機、需要方向也需要啟發。這一切都需要知識做基礎。

但是就我而言，知識，也是一種美感經驗。

因此，天文學跟占星學一樣的迷人，維根斯坦的《邏輯哲學論》和艾略特的《荒原》一樣迷人。

我曾在多年前出版過一本關於水的書，是加拿大作家馬克・德・維里耶寫的。書中談及水的特性與重要性、全球淡水資源的分布與匱乏、各國經營水資源的努力等。那是一本以數據和資料為主的著作，卻讓我重新省察了和水接觸時點滴在心頭的種種體驗，也激發出對水的更多想像，並在詩集《地球之島》加以表現。

我在「開卷版」也推薦過另一本關於水的書，原名叫 *Virture Water* 的《煮一杯咖啡需要多少水？》。作者提出虛擬水的概念，探討人類在各式生產活動與交易中，水這個因素所占的比重與代價。它提出一個警訊，即：在許多商品的生產過程裡，例如咖啡、例如牛肉，看不見的水消耗是十分驚人的；但也點出某些解決契機：透過各式農畜產品的交易（缺水國家或地區向多水國家或地區購買高耗水的產品），我們已間接舒緩全球水資源分布不均的困境。

在此，「虛擬水」的概念讓我的視線穿透貨架上琳琅滿目的商品，彷彿目擊了水或大自然在產業體系後頭的犧牲與貢獻。

各種科學理念，如「混沌」、「黑洞」、量子理論、「宇宙微波背景輻射」

等，也都會向我們輻射大過原義的意涵與聯想。

許多知識有實用價值，我們會為了具體目的去學習它；所以過了求學階段，還會迫切想了解AR、3D列印、《大數據》、《自造者時代》的意義。

有些知識可以豐富我們的經驗與心智，我們會為這樣的期待去接觸它：我曾經在《天空之旅》——一個老飛行員的回憶錄裡，讀到「冰雨會讓機體在高空瞬間結冰，使駕駛員驚慌失措而導致危險」，而讓我對不久後的澎湖空難多了切身的想像；我也從友人的南極遊記裡得知，現在到南極旅遊要比我當年提早一個月——因為冰層已提早融解，最炎熱時才去已看不到預期的極地冰封景觀——才驚覺地球暖化之嚴重。

但是，有時，我們接近某些知識的動機更單純，就像接近一叢奇花異卉，或一顆剛沖上岸的燧石：別的科系的教科書、一本陳舊的九章版《數學史》，或一本英文和埃及象形文對照、多佛版的《死者之書》，我反覆翻看，因為這些真材實料裡閃爍著奇異的美感——其實，不管哪一類知識，在某些特定的時辰都能激起某種感覺、某種共鳴、想像或茅塞頓開的神清氣爽。

引我好奇的非文學書、雜書、科普書很多，它們爭奇鬥豔，簇擁在各式書架或平鋪的書檯上，向我渲染著各類求知的熱情與莫名的資訊焦慮。我不會自限於自己的一知半解，更不介意許多書根本沒讀完，一意想去翻它、看它，因為這裡就是人類文明的現場，所有傑出心智匯聚的派對。

託時代進步之福，除了書籍之外，現在我們更有視聽及網路媒體，讓我們無時無刻、無遠弗屆去接觸各種和識。我們也許無法真正理解其中的精深奧妙，但是生活中這些觸手可及的智慧總能開拓我們的視野、激發我們的想像，讓我們對整個世界更熟悉、關注，並從中找到自己更妥善的位置，或幫我們暫時離開那個位置。

極端性胡思亂想

有著黑色月台的火車站的Y城，是極富盛名的溫泉之鄉。我們下榻的旅館則有典雅的畫廊、蕎麥麵屋和美味的「毛巾卷」蛋糕。而我們專程要到此體驗的，還有一池池被細心調節出來的「湯」。

在各式細緻、體貼的待遇中，我忍不住胡思亂想：當代人類挖空心思、創造各式官能天堂，到底什麼樣的環境或體驗對人類的身、心或靈而言才是真正舒適、值得追求的？人類其實是極為脆弱易感的生物，禁不起太熱或太冷的溫度、太乾或太溼的空氣、太高或太低的海拔、太鹹或太淡的口味，一切都必須「剛剛好」；就像我所浸泡的那一湯被地熱與人工調節過的泉水，在失溫或被煮熟之間，也不過是幾十度的差距。

但是，似乎這樣一種被「剛剛好」的環境所演化出來的生物，此時此刻已開始面臨種種「極端性」的情境了！

我首先想到的，當然是地球暖化造成的「極端性氣候」。這個威脅目前已是小學生等級的常識——電影院內的科幻電影不時杜撰著蝴蝶效應湊在一起的完美配方，去模擬各式末日情境的亢奮驚悚與聲光之娛；電影院外，冰層次第融解，島嶼漸漸溺水，高溫、低溫、風暴與澇旱一步步威脅著人類文明。雖然如此，京都議定書似乎還等不到更大的災難來被認真看待。我不禁想起老婆常說的「加糖理論」：感覺咖啡或冷飲的甜或不甜，差別只在一小匙糖之間。這之前所加的糖不是不夠多，只是還沒到被味覺偵測到的臨界點。所以，等自然界所有崩壞的現象都能被我們覺察到，就已經太遲了。

我第二個想到的，是「極端性經濟」。這是我所不解而不免提高警覺的一塊，和經濟全球化有關：去除掉國家或地區之間的差異性，或貿易障礙、防火牆甚至保護主義，快速把人類經濟活動搞成整整一大塊，難道不會增加風險、增加調控或治理上的難度嗎？沒有夠大的知識和資源，只憑一些條約、遊戲規則或政治角力，真的足以讓各懷鬼胎的經濟強權妥善面對「極端性經濟」造成的不可測、不可解的後果嗎？當有錢人的金錢在地球上暢行無阻，尋找最佳投資與機會，而窮人的勞力被捆綁於無從選擇也沒被選擇的地方動彈不得，「全球化」會不會本質上只是跨國企業、原始資本主義者「偽公平」的天擇藍圖？我承認讓優者更少約束、讓市場擁有高度發言權，的確讓文明的動能大為增強。但是輸贏性質上的激化、貧富差距或社會兩極化的趨勢卻讓許多人怵目驚心。

我第三個想到的，是「極端性資訊環境」。鉅量的空氣分子、金融分子迅速匯流、衝撞、累積、質變，形成各種超越人類經驗的懾人情境；我們良莠不齊且失控的訊息與意見也快速形成「極端性資訊環境」。這是由網路、科技、生活媒體化、個體媒體化等變革所創造出來文明史上的瑰麗奇觀。在這當中，資訊或意見的快速聚集、喚起行動，或門檻盡撤、香花毒草齊放，或行為被替代、虛擬凌駕真實，都使得「媒體時代」以更飽滿的意義君臨於世；我們在目擊閱聽、購買、生活方式改變的同時，也目擊大至維基解密、茉莉花革命，小至老鷹抓小孩的假影片、護士被電台主持人套話的惡作劇，或者小事不合理地放大、小人物瞬間成為名人、真相跟不上議論，小過失受到不成比例的羞辱等不可測的現象。而民眾對媒體的「極端」依賴，更讓這方便卻不盡可靠的「第六官能」決定了「價值」、「真實」與「存在」的內涵。一個無所不包，無所不在又似無人當家的「老大哥」正隱隱成形——我還看見，新品種的人類也正漸漸被塑造出來……

面對這一切，更具體的「地球治理」議題應該很快會被有識之士搬上檯面——雖然從聯合國的運作來看，結果必定令人悲觀。但是……我認為對這幾個「極端」情境的杞人之憂到此「剛剛好」，於是適時離開浴池，結束我的胡思亂想。

尋找部落

我越來越覺得，有時我們在生活與網路中遊蕩，是為了尋找一個自己所屬的部落。

在顯生宙新生代「數位紀」「媒體世」的此刻，我們來到一個新的部落時代。但是人們並未覺察，直到他落單、失語，或在高科技叢林裡望見別的「部落人」圍火高歌的祭典。

為什麼「療癒」會成為這麼一個方便、適切的詞彙，以致許多人對它都有種心領神會的需求？我想是因為：在典範轉移、價值斷層、社會裂解的時代，每天，我們幾乎都是傷痕累累地入睡吧？困惑、焦慮、憤怒、挫折——

甚至是接觸到各式媒體時未預期的挫折，以及說不清的驚駭莫名的錯愕，都使我們內傷嚴重：怎麼會有這樣離譜失格的報導？這樣的人怎麼說得出這樣的話？這樣的偏見或惡意怎會得到這麼多的鼓勵？明顯的錯誤或無知為何無人計較或發現？每天，對抗種種令人消化不良的訊息，就足以讓人精疲力竭，需要時時刻刻尋求逃避，尋求療癒。

媒體太發達了！集結與搜尋太方便了！有些人很快在網路上找到跟自己相似、興趣接近或意見相合的人，形成社群。在彼，不管人數多寡，都可以感覺到某種相濡以沫、相對多數的正當性；在彼，我們理所當然以「自己人」的立場，肆意發表「自族中心」的觀點，並引起共鳴。但有些原本只適合出現在私下場合、小團體之間甚至廁所牆上的，脫口而出的言談，卻不時在網路上流傳，被轉貼、引用，甚至報導。而它的邏輯與效應無跡可尋。更可怕的，自然是那些基於國家、族群、宗教或黨派敵意所散播的，沒有底線的攻擊與謊言。想到世界上同時有這麼多仇恨、汙蔑、挑釁與偏見的黑暗言談，以各種語言充塞於網路，就讓我覺得此時此刻的地球比任何時候都危險。

但是我想談的，是面對這些現象顯得手足無措的人。

當然整個現象跟網路有關——在各種溝通、傳播工具與技術大幅進步的同時，人們反而更覺得孤單、疏離、徬徨，因為輕易找到你所要的訊息同時，發現自己跟社會環境格格不入的機會也更多了！

在訊息不像現在這麼流通的時代，每個人都是透過某種較為模糊、較有距離的視野在感知世界，個人意見也會經過多層機制的修整或篩選。一旦資訊變得詳盡而駁雜、意見因易於表達而喧譁，每一個閱聽人就被動地以更貼近真相的視野來認識世界，像戴了眼鏡一樣。然後，你發現，原本的世界動搖了、原本信奉的價值觀動搖了、原本少數的變多了、原本是多數的變少了！所有好惡強度都增加，而且原本以為和你相同的人不同了！

後現代的「去中心化」正因網路而加速進行……

在一個高度異質性且充滿認同焦慮的社會，表態文化就變得更加必要，而每一次的表態又疏離了更多的人；他們傾向於不聽、不看，拒絕相信或眼不見為淨。更多的人則也開始鎖定立場、意見更接近的媒體和訊息，或可以認同的聚落，形成了一個又一個彼此不了解，也不交流的族群，這就是我說的「部落化」。

我相信，原先實現於一般媒體或社交媒體的「部落化」，很快就會演變成彼此更沒有交集的「實體生活的部落化」，閱聽、生活、消費都不在一塊。這樣的「部落」類似族群，但是劃分更細、互動更緊密、心理聯繫更強；它將是下個時代跟國家、城市、民族具有同等能量的字眼。

這樣的一個訴求或趨勢，我稱之為「尋找部落」。

三代同行

隱隱覺得一場世代戰爭遲早要發生。

它會以溫柔的父慈子孝的方式進行？還是變成文化、觀念與立法上的傾軋與角力？目前還無從得知。

總之，我忍不住這麼想：人類的長壽，其實可能違反了大自然原先的設計。

在生物界裡，繁衍種族是第一目的。戀愛、求偶、招蜂、引蝶都只是其中的過程或手段，成為父母也是。所以有不少低階生物在繁衍出下一代，甚至交配後就得死；生殖力較差或發育速度較慢的物種，它們的父母輩則在確保下一代能存活、生殖後，才會死得瞑目。

人類在他們的下一代誕生後可以活得更久，除了因為下一代需要更長的時間發育、成長外，可能有更多的經驗和智慧需要傳承吧！

即使如此，在生活資源嚴重缺乏的某些時空裡，年長者還是得把生存權讓給更年輕的人。當然，面對這樣的情境，殺嬰同樣聳人聽聞。不過嬰兒相對地沒有行為能力；而具有充分「人間性」、充分自我意識與行為能力的老人要被變相處死，這種風俗就令今人匪夷所思！今村昌平的電影《楢山節考》，是關於這個主題最著名的作品；愛斯基摩人甚至佛經裡也有類似故事。

幸運的是，人類文明終究很快克服生產力不足，也因此延長了壽命。不同世代，或越來越多世代的人共處同一時空，相親相愛，不但是普遍的現象，更成為社會核心價值，成為幸福家庭的指標。長壽則成為生活品質、社會文明的指標。

在我們意識到有責任撫養退休老人之前，大部分社會的人均壽命還不到四十歲。如今許多地方也普遍超過八十歲了！

人類的生命品質改變的速度顯然比他的觀念還快：不但壽命變長，也更健康了；不但老當益壯，態度也變年輕了；不但生活更積極，欲望也增加了——他們越來越不想從生命的巔峰狀態退下來……

於是，我們對老人問題的想像再三修改：原先是要想辦法撫養風燭殘年的老人；再來是要傷腦筋撫養退休但還可以活很久的長者——而且長者數量愈來愈多；再來是，老人並沒有想像的老，他的工作能力並未減弱，可以延緩退休，或在退休後繼續工作，而這減少了年輕人的工作與升遷的機會。不止這樣，現在，年長者不但工作能力還在，玩興也還在，也期待繼續享受原先完整的生活——並且擁有比年輕人更多的財富與資源。

嬰兒、少年、青年、中年、老年，生命的進程，曾經制約了每一個年齡層的人對自己生活內容的想像與期待。現在卻遇到大塞車：不但壽命變長了，而且都集中在青年、中年這個階段裡。

我們占用的工作越來越重疊，追求的事物越來越重疊，消耗的社會資源也越來越重疊。在古代，少年老成或德高望重是令人羨慕的；在廿一世紀，不但「叔叔」、「阿姨」帶有歧視性，所有尊稱都可能冒犯到別人。與此同時，生技產業突飛猛進，健身、保養、拉皮、整形效果愈來愈佳，年齡、輩分的判斷成為每天的益智遊戲。三代同行，或不同世代的人並肩去旅行、慢跑或去KTV、搞浪漫的現象將更加普遍。市場區隔要相符於年齡區隔將更加困難。

人類的文明與欲望和大自然的理想狀態有時是衝突的。雨林被砍伐、動物被滅種，對地球當然是一種傷害。人類也意識到了，減少浪費、克制欲念，提倡生態環保，算是人類的反省與退讓。但是當健康長壽、青春永駐的現象與願望和大自然的設計衝突時，將會如何呢？

早餐桌上的文創思維

大清早參加了一個相當有趣的早餐會。早餐盒十分豐盛，但是打開來享用的人不多，也許是因為談話內容更為豐盛——雖然，談話的主題與時機，就我而言，可能晚了好幾年。

我們討論的話題之一，是文創產業無形資產如何評估。X君以財務專業的立場提出了幾種可能的模式，也點出了相關困難。其實這個問題在十幾年前「政府採購法」引起文化界反彈時，我們已錯失第一時間深入討論的契機，否則最近教授專家們研究經費的核銷，也許不至於如此依賴牽強細瑣的帳單。接著，我還是忍不住借題對某些文創概念上的混淆發表議論。

我認為充分了解文創產業的時代意義很重要：它其實像是對既有產業的「再歸類」或「再範疇」，產生於新的洞察與認知，而比較不是新的技術、材料或生產方式。這個新的認知便是對「文化、創意」本質的理解與掌握、應用的可能與必要、蘊藏的商機與對社會的深遠影響。

過去一百多年來，人類文明是藉由分析式方法論全方位對知識進行專業化、科學化分工發展、積累而來，它開創出無數精深、專門、壁壘分明的專業領域。到了廿一世紀，人類文明的趨勢則是回到以「人」的觀點、尺度和願望，把各種專業、科技與知識重新理解、整合、應用，成為人類（或消費者）可以感知、體驗的價值。

如果這樣來理解「文化創意」的意義，我們就會發現：它不只是某些特殊產業的興起而已，它更可能是典範的改變——未來所有產業、機構必修、必備的要素。而文創專業知識與人才將會是許多單位的基本配備。

我很肯定目前政府積極、主動推展文創產業的雄心與作為，但不免擔心：如果大家依循的還是視製造業、服務業、資訊業為「真正」產業的慣性視野，一看到和「文化創意」有關的就丟給文化部門，那麼產經部門的工作者、管理者就不會有確切的體悟和迫切感來學習文化創意的知識與重要性了！

在各國列舉的種種文創產業中，可粗略分為彼此牽連、互滲但本質並不相同的兩大類別：（一）傳統的文化事業，通常包括以價值的探索、反省和表現為主的藝文創作與文化、教育事業；（二）以文創元素作為產品主要加值方式的產業。

前者通常是以創作者本身的觀點、態度和價值表現作為產品，這當中有許多創作行為，甚至是抵抗資本主義價值觀或努力在市場法則外尋找其他價值的。後者則比較單向地以營利、獲利為主（甚至有時不免媚俗或低俗），文創元素是其關鍵工具，而且應用範圍越來越大。在實際運作上，兩者有些部分極為近似、混淆，劃分管理相當困難（那些該由政府介入、支持，那些交由市場決定？）。

我的意見是：前者是主管文化主體活動與國民「文化權」的文化部會的傳統領域。而經濟主管部門則應迅速學習、應對包括前者和後者的所有產業——因為文化創意元素早已普遍影響傳統產業或政府等公共服務單位。

面對這麼一種高度主觀、高度不確定，甚至許多部分還很難建制化的產業，政府應如何介入才適切有效？由於傳統公務員的訓練與專長並不包括「創意」、「態度」、「市場感」甚至「品味」；目前各方箝制、動輒得咎的環境也不允許他們有太多「價值判斷」的作為，因此，出錢投資似非本務。比較可能的方向是透過法規的更新、開放（業別區分食古不化、土地使用缺乏想像、網路或新興商業行為仍受制於陳舊的法規）、真正鼓勵民間企業的遊戲規則、強化教育來擴增各式文創消費與應用需求以建立健康、友善的文創生態與環境吧？

芝麻開門
——尋找文創產業的咒語

來自丹麥的設計師在台上談椅子的設計。主要的內容有點像從「看山是山」到「看山不是山」的創作歷程，相當有趣。聽說現場有六種語言的同步翻譯；後來又聽說設計師其實是俄國人。香港的BODW（設計營商週）適逢十周年的慶典，顯得更豐盛、更國際化。短短幾天裡我們幾乎被各式視覺盛宴與創意言談所吞沒。

在台灣，我們談論「文創產業」，總覺得像是在談論某個還沒到來——至少重頭戲還沒到來的事件，但事實上我們早在它的洪流裡。

以「創意」和「內容生產」為主的各種行業，長久以來就透過各種美好的官能體驗滿足著消費者，並和世界進行著溝通與對話。一本書、一首歌、一部電影、一棟建築或一個美麗的皮包，都可以豐富我們的心靈，我們的生活。在上個世紀末，這些事物和它們所代表的可能意義，便紛紛被整合到「文創」的概念底下，受到各國政府的扶植與發展，因為，整個世界都體認到它對二十一世紀人類生活的重要性與影響力。

「文創」愈來愈重要，是因為人類對美好生活的需求與實現方式大量增加，原先來自想像、道德與技術的束縛大幅降低——「消費」想像已主導了文明的發展。

在「現世人本主義」的氛圍下，當前世界上似乎已沒有什麼對象或價值是高過人類本身的，人就是他一切行為最終極的目的。在資本主義「以市場換算價值」的公式裡，作為「消費者」或「選民」（政治消費者）則是人類最受重視的存在身分。我們的經濟甚至其他許多科研活動，無不圍繞在「如何創造並滿足消費者對現世美好生活的想像」上。

人們對「美好生活」的想像包括：自由自在、資源充裕、安全便利、賞心悅目、健康活躍、享受安逸、紓解壓力、感情支持、豐富體驗、強化自我、社會認同等；更希望獲得滿足的方式盡可能簡單（例如：可以購買）、不花時間、減少代價。

人類追求的事自然就形成了價值。而文化創意原本就是我們運用各式媒介、創造官能刺激來表達態度、創造價值、探索價值的，它最有能力呼應或滿足上述的，各個生活層面無止境的需求或渴望。因此「文化創意產業」被標舉出來，更後頭的訊息是：從此，所有事業都需要更積極、精確地去了解、掌握人類渴望的價值與感受，都需要引入或善用文創元素。

這樣說來，我們急著要做的，似乎不是去教導文化創意人如何做生意，而是趕緊教育我們的企業家、科學家、投資者、政府官員或所有人，去了解文化創意的知識與重要性，並充分運用它。不過目前的分工顯示我們社會的認知似乎仍停留在：「文化創意」就是少數文化創意人的特異功能或特殊場域，並非企業經營的通識——任何經濟專家、官員或企業家對此無知，絲毫不用擔心會因此減損其專業權威。

我相信，以創作者個人態度與表現為產品的「文化產業」，和用文創元素來加值的產業將在下一波的探討中被區隔開來。而善用文創元素的越來越多的事業，將在未來擴大文創產業的意義與陣容。目前就有好些未納入文創項目的事業其實比某些文創產業更有創意、更有文化，或更像文創產業——你不能說你是阿里巴巴，寶庫就會為你開門，「芝麻開門」才是登堂入室的鎖鑰。不管你是誰，知道咒語的自然都能進來。而想知道咒語就得加入強盜幫夥，或偷聽偷學。我聽到的咒語是……

對美好生活的想像

加州聖地牙哥的巴博公園，在我慵懶的夏日漫遊中，帶來了未預期的驚豔與驚喜。

這處標榜「文化與藝術之風景」的優美所在，從上世紀初就開始經營、規劃、擴建，目前共有十五座藝術館、博物館、科學館或植物園安頓在華麗西班牙風格混細緻摩爾風情的古典建築聚落裡，靜候你的造訪。各式的花園、噴泉、廣場、荷花池、露天劇院和鐘樓則把整個園區布置得有如心靈最後的城堡，靜謐而美滿，豐盛而安詳，令人流連忘返。

從聖地牙哥沿太平洋北上，你還會經過著名的拉古納海灘、庶民的雷登度海灘、雍容的新港、安逸的長灘及更往上的帕洛斯佛迪、聖塔摩尼卡等著名社區。迎著海平線上燦爛的夕陽望過去，玩風帆的青年、堆沙堡的小孩、推嬰兒車的夫婦、戴耳機慢跑的女郎，被襯托得有如精巧無聲的剪影，上演著被許多觀眾憧憬、豔羨的美好劇情。

美國的軟實力就是這樣，總是隨時隨地在不經意間向你展現著對美好生活無窮的想像力，以及把這些想像付諸實現的技術與能量。這始終是這個看似粗枝大葉的社會最震懾我的地方。相對於此，日薄西山的經濟優勢、偽善的對外政策或擁槍枝、反墮胎的基本教義派就成為微不足道的瑕疵了。

這些形形色色的理想生活場景，大多由資本主義貴族或躊躇滿志的資產階級者所主導、打造，他們嫻熟地把「現世人本主義」的夢想、欲望和財富或市場結合，提供給自己和別人享受有限生命的種種動機與方案，其視野、創意、品味和感染力、影響力遠遠走在各級政府和其他社會之前。

於是，我們有了第五大道或馬里布海灘、迪士尼樂園或漢廷頓博物館、好萊塢或拉斯維加斯、AD或W、爵士樂或街舞……不只如此，相應的，也就有了嬉皮、雅痞、民權運動、環保運動，更不用提民主與自由的生活方式了！

我始終覺得，從二十世紀中葉開始，美國社會對當今人類最重要的貢獻與影響，就是源源不絕地提供我們對美好生活的想像，引領著其他社會去追隨、參考、反思或批判。

在這段時間或更早、更晚，其他社會或多或少地也有所貢獻：法國的時尚、品味與高蹈的生活態度；英國的文化底蘊和領先世界的產業創新；日本唯精唯美的工藝美學與生活科技，還有卡拉OK與動漫；印度的靈修與異現代的人生觀……連韓國最近也跟上來了！他們把「微整形」或「重效化妝」等「輕醫技」徹底消費化，滿足了人類自我形象被肯定的渴望，甚至因此降低醫療專業的應用門檻——這不能不歸之於數位科技「虛擬」技術衝擊「真實」價值後的文化效應。

相形之下，華人社會的貢獻就很不突出了！尤其在經濟上取得種種成就同時，粗陋的模仿與浮誇的炫耀甚至招致嘲弄與訕笑。但是我們並非一直都是如此。有很長的一段時間，我們的絲綢有著超越時尚精品的崇高地位；我們的瓷器讓當時西方的「高科技」產業競相模仿、研製；中國風的花園一度風靡了歐洲，cha 和 tea 教導了全世界對這神奇植物的發音……只是，這些輝煌的記憶早已帶有久遠的霉味。

人類文明的典範也許隨時代而變遷，但是我們對美好生活的追求與想像始終是文明演化的動力和本質。一個國家或一個文明在國際間——甚至歷史上怎麼被定位，端看它有沒有能力回應人類在不同時期、不同場域對美好生活的想像與渴望。

週休六日

週休六日？這會是一個預言，還是一個宣言？

我第一次聽到「週休六日」時，它是被當一個笑話來講的：「週休六日？你們怎麼可能週休六日？我們才休二日！」

「對呀！我們固定每個禮拜休星期六、星期日，你們怎麼會休星期二、星期日？」

這個笑話的共鳴基礎在於，聽跟講的人都認定「週休六日」是聳人聽聞地不可能的。不過我的想像卻無法停止於笑話的結束，反而想起了我曾說過的狂言狂語——「生命如此短暫。所以我工作的第一準則就是：工作時間不應多過休閒時間。」當然，這在現實生活中很難實現，於是通常我會變通地再加上說明：「做不到，就把某部分工作當成休閒吧！如果我們不願生命只被拿來切成一片一片換取薪水，就得在工作中找到樂趣——最好的方案是選擇一個工作，它是你喜歡而因此總是樂此不疲的。」

但我在此不是要討論工時、就業或相關道德的問題，而是生活形態或內容最終演化的想像：工作和不工作的日數比例會從一比六、二比五演化到那裡？

週休一日或二日被約定俗成，基本型態來自基督教文明的傳統，之後再加上生產力、人力成本與人道考量——最近更包括國際往來的方便與效率。但是我認為，未來會主導其演化的，一是生產力的因素，一是人類「心靈新陳代謝率」的加速。

古代的人類長期輪迴於「辛苦終年才勉強得以溫飽」的生存模式，也從中積累出勤勞、刻苦、儉樸等幾乎「自明」的傳統美德。現代人由於生產力提升，情況大有改變，但是個別國家間差異還是很大；早年我們常會看到如此的數據比較：在美國，一個人要工作X小時才能賺得一個漢堡，Y小時賺得一個冰箱，Z小時一部汽車；在非洲（或其他地方）你可能要十X或廿Y小時才能賺得相同的生活物資。由於生產力的提升，不管是哪個地區，我相信現在大家買電視機或電話的門檻都比四十年前低得多。

「心靈新陳代謝」則是我解釋休閒生活重要性的獨門理論。眾所周知，人類或生物時刻在以周圍環境的新物質替換體內的舊物質；我們的心靈也需要這樣的代謝。透過新的刺激、活動或官能經驗產生「新」的元素，來替換我們疲憊、呆燥與無聊的精神狀態。休息、旅行或生活的改變都可以促進「心靈新陳代謝」。現代人這方面需求越來越大，因為它不僅來自本能，更會透過生活、學習、鼓勵而增強。

當政府好不容易施行週休二日時，我就聽說有出版業者在實驗週休三日。「讓同仁多充電，工作效率或生產品質會更好」，他們說。週休三日？那不是到臨界點了嗎？萬一有人再向前走一步——週休四日！人類文明的重心、生活比重甚至價值觀不就顛倒過來了？在生產力較低的時代，不努力工作就會餓死，所以工作價值被高度強調，休閒逸樂被儆戒貶抑——其正當性只在為讓工作更持久、更有效率。在生產力高的時代，我相信休閒將和工作同等崇高，同樣需要鉅量的知識、學習和社會資源。說不定有朝一日台灣大學也會出現遊戲學院，或生活療癒系……

即使在週休二日的此刻，各種休閒的機會與時間其實仍不停被膨脹，實質工時不停被縮水。以法國為例，除每周工時修為卅五小時之外，一年休假總日數已接近一五〇天（七比五了）。

不過，週休六日應該永不會實現吧！

一方面是：休息與工作的意義、內容對不同人們的效應並非一成不變——日本員工可能就覺得在家無聊透頂，還不如上班有趣。萬一，週休六日了，很可能大家又開始期盼唯一要工作的那一天——畢竟，人性中真正不變的，是渴望改變，躲開各種生活的成規與常軌，去透一口氣。

巫師與女巫的島嶼

像找到失散多年的黑貓，H興奮地告訴我們，她在大圍遇見一家小時候曾在台灣吃過的餐廳，並熱切描述了童年記憶中的美食美景。那天她同時也跟我們抱怨了另家著名餐廳令人失望的點心。巧合的事情發生了！不久之後出版的香港米其林報告，真的就新加了她「發現」的餐廳，並把那著名餐廳減了一顆星。

H是名副其實的美食家，胖胖的身軀、豪爽的笑聲，充滿安慰與鼓舞他人的魅力。她跟C一起搞「南村落」，讓某種「慢活文化」在台灣蔚為風潮。不只這樣，她還精通電影、旅行、品酒、文化評論與西洋占星。所以，我總稱她「首席女巫」。

J是網路集團的負責人、經濟專家、趨勢專家。他的公司股票如今已經一百多塊了，卻依然像我大一時認識的他一樣，羞怯而雄辯。

J不談高科技產業或數位文化時，就沉湎於烹飪及虛擬與實體旅行。不只這樣，他更精通「讀書」或「閱讀」；特別是旅行文學與文獻、推理小說與所有會讓別的知識顯得很平凡的知識。我去南極旅行的參考書籍就是跟他借的。他甚至還會催眠術。在我心目中他就是「首席巫師」了！

我的友人還有W：本是多才多藝的建築師，卻背離了充滿小資氣質的自我、同學和朋友，無怨無悔地搞工運，後來還去種山藥；X是極受歡迎可能也是唯一只靠寫詩就能維生的詩人，年過半百卻擁有用不完的青春期，計畫去西班牙，因為想試試剛學會的西班牙文；Y本是牙醫師，卻離開醫院做了畫家，現在則是快樂忘我的佛朗明哥舞者；Z參與了政治，卻從不肯遷就現實政治的媚俗、貪婪與虛偽，大部分時候只喜歡在大海中游泳、在小徑中慢跑，無休止的發洩精力與無名的憤懣……

在生命中，因為有這些精采的友人，我增添了豐盛的閱歷、獲得無數的啟發，也在某些時刻得到特立獨行的勇氣。

在島嶼上，還有更多我認識或不認識的人，以各種不同的方式實踐他們特有的生活態度或人生觀：有像先秦墨家一樣以工程技藝行善的造橋團、有打造出「環球救難隊」的出家人、有傳教士般拚命推展文化理想的觀光業領袖、有比詩人更高蹈耽美的廣告業主與客戶、有研發生態農技來生產稻米的攝影師、有回到山野重建部落生活的留學生……

即使輕鬆徜徉台北一隅，在巷弄小店之間，你也會發現許多大小不同的夢想正被生澀或成熟地實現；一些故事或人物像小小的傳奇，暗示著人們還可以再不切實際一點、再靠近自己一點。例如在東區的茶館，隨便到「相思李舍」、「冶堂」、「紫藤廬」、「回留」、「cha cha the」或「古典玫瑰園」坐坐，都會遇到一些好玩的事物，或好玩的老闆、好玩的顧客。

而在不為人知的更多角落，則是：看著大師的舞影而心生嚮往的年輕學生、到處聽演講或定期小額捐款的家庭主婦、認真聽古典音樂或Bob Dylan的計程車司機、終年在崇山峻嶺流連的登山客……他們顯然在追求著什麼，而且，似乎已找出某些屬於自己的路徑……

我稱之為「巫師」或「女巫」的人們，最主要的特質，大概就是保有鮮明的個性、忠於自我、富於想像和某種頑強的天真吧！他們似乎不會被眼前冰冷的現實擋住夢想的視野，內心中湧動著一股能量，去呵護、灌溉各種理想、去抵抗既存事實的限制與馴化，甚至進而局部改變了現實，成為一個擁有微型魔法的人，為圍觀的人帶來驚喜、感動，讓他們也相信了魔法……或其他可能、其他選擇的存在。

「例外」是可以被經營的

一個成熟的社會必有較為完善的法令。但完善的法令不會殺死所有的例外，或總可以應付例外。完善的遊戲規則永遠有辦法讓好的例外發生。壞的規則永遠伴隨壞的例外。

我常常在想，如果那麼守法，或那麼服從既有的約束的話，台灣可能到現在都沒什麼可玩的戶外活動，像路跑、重機、封街、塗鴉、跨年，或沒什麼有趣的觀光產業——或只有觀光而沒產業了。在立法從嚴、執法從寬的社會裡，許多夜市、老牌風景區的消費場所，總是由雜亂無章但生命力頑強的攤商、野店逐漸就地合法化而來。名門正派的企業在這樣的法規環境下根本難以作為，萬一誤觸地雷損失就大了。攤商可以春風吹又生，因為本小「膽」大，因為商業本能使他們即時、準確地回應了顧客或旅客的需求。我們的法令則往往是為管理、限制、防弊而設，並非為了鼓勵創造、「擇優汰劣」以成就美觀、方便的休閒產業環境。

但是，在此，我想談的，是「例外」。

想想看，在生活中有多少樂趣與感動，是來自某種「不守常規」、讓「理、法」放假的時刻？白夜、潑水節、露天市集、國際馬拉松、嘉年華遊行或停車等待一隻爬過馬路的變色龍？走在依舊熱鬧但略帶肅殺氣息的師大路，我總覺得有些討論還沒結束，甚至還沒開始。

台灣的巷弄文化反轉了台灣城市街廓雜亂、建築平庸、擁擠迫促的劣勢，反而表現出台灣特有的生活態度、生活想像與人情味。它根植於住商共處的都會形態，一方面享有鄰近各種生活機能的方便性，一方面讓渡了家居生活部分的隱私與安寧。要調和兩種相衝突的元素於同一個生活空間是不容易的，只能建立於住家與商家之間的諒解、默契、共同願景與共同利益。

台北市南邊文教區的溫羅汀、康青龍（溫州街、汀州路、羅斯福路、永康街、青田街、龍泉街），也就是我所稱的「羅曼蒂克大道」，所以相對成功，甚至成為台北市生活文化的象徵，我覺得就是因為很難得的，住戶與商家在此發展出融合共生的方式。他們彼此對生活環境的想像與實踐很接近，不需要「容忍」，也不會去「侵犯」；安靜而精緻的個性小店櫛比鱗次，熟門熟路的消費者徜徉其間，似乎總是曉得這裡會有什麼樣的店，店裡會有什麼樣的店主或客人。永康街一帶就是最顯著的例子，每次我一邊讓路給狹路上的車輛，一邊四處張望周遭住家與商店（他們是這麼低窄、接近），就感到一股奇異的親密氛圍，覺得在此誰都不會孤單入睡。

但是這樣的巷弄文化不是沒有隱憂的，師大路社區提前引爆了住商矛盾，未來也一定還有，原因很多：大批遊客與交通的湧入、新商家或新型態商店的進駐、環保公安不勝負荷，住戶意識與生活標準也迅速在提高。

聲音會不會吵到別人？車子會不會擋到別人？油煙會不會薰到別人？如何回饋與補償？需不需要總量管制？面對這樣的情況，社區或商圈自治團體的角色原本最為關鍵。但是不可否認我們自治團體解決問題的專業不夠、解決歧見的經驗不足、代表性或法律上的地位不清，只能訴求公權力介入。

問題是，面對市民對美好生活日增的想像，與方興未艾文創產業的諸多創舉，我們制定的普遍法則足以處理這些新興的、複雜的、個別的情境嗎？公權力不一定只等於取締，更多時候它代表公信力與專業。先別急著用強制性的法規解決一時的麻煩或消滅一個新的現象，想想看，有沒有新的態度或做法，可以創造出新又更好的城市體驗。

蝴蝶養貓三分俗氣

創意無所不在。

創意讓「定義」不停在後面追趕。

到花蓮參加第一屆日出節，才發現今年端午與夏至只差兩天。跟著熱情洋溢的年輕人坐在草地上聽了兩晚演唱會，再次領略年輕搖滾樂團的朝氣、創意與感染力。

不管是草根、叛逆，還是邊緣、另類，台灣樂團引領著許多文化創意的開拓與理念衝撞，它們和誠品書店的典雅語彙相互辯證，弔詭地成為精緻文化另一個社會基礎的象徵。

也許由於年輕人的聚集，花蓮自強夜市也呈現我未預期的活力與歡愉，宛如另種形式的搖滾音樂會。擁擠的空間裡，萬頭攢動：大排長龍的消費者、混搭或新創美食、攤店陳設、品名招牌甚至型男燒烤，百花齊放、爭奇鬥豔，讓人不由覺得，在此，總會有好玩的事情發生……

「會不會有些非文創比文創更文創？為什麼？」我常忍不住這樣想。

原因很可能是，我們對文創的定義或想像太窄小。

我早先曾提及，「文創產業」更像是用「文化」、「創意」或「內容」等概念，將既有相關產業重新歸類或「再範疇」的一個舉措。這個新範疇包括了傳統的文化事業，和以文創為主要生產、加值方式的產業。兩者看似接近，本質上其實相當不同。

由於我們把「文化」概念加進來定義所謂的「創意產業」，它一方面比較周延，一方面也產生誤導，讓許多人以對「文化事業」的印象來理解、期待「文創產業」。

因此，我們可以預見觀念的混淆造成的爭議：我的友人C一開始就不喜歡「文創」，覺得它是魚目混珠或附庸風雅的行徑；友人D覺得它使文化人變得墮落而市儈；引發論戰的友人L，情急之下提出「假文創」以指控某些可能占政府優惠政策便宜的作為。

但是，如果文創有真假，那我必須說，假文創產業也是文創產業，而且可能是較大的那部分。

誰來區隔真假？它的判準為何？是品味高低俗雅？創意良劣多寡？手工生產或量產？還是賺錢動機強弱？會不會由經濟部來主管（文化事業才歸文化部管），我們對它的想法就不一樣？

文創產業就像一個光譜。目前文創法把十幾個產業納進光譜裡，但是這些產業的本質正快速變遷、膨脹、越界；而一旁有許多紅外線般的產業，在創意能量上是不亞於光譜內的。

餐廳不算文創，那非常有創意的餐廳呢？非常有創意的廚具店呢？運動商品呢？很有創意的賣場或文創園區的經營算不算（整合某些非文創產業成為一個文創產業）？限制餐廳的比例就可以增加創意嗎？沒有創意的人的創意會不會總是殺死創意？

每個人都可以他的專長、創意和巧思來提升、拓展自己的事業與收入。

在網路時代，每個人都可以是媒體；在文創時代，每個有自主行銷能力的企業或個人，何嘗不都是廣告公司或文創產業？

有些餐廳、烘焙小鋪、民宿、網站、3C或手機廠商，為了行銷，甚至從產品端、經營端就引進創意，可能不久之後就比肉眼可見的文創產業更文創。

「蝴蝶養貓」是新生南路上曾有的一家小酒館，怪異店名讓我迄今記憶猶新；「三分俗氣」是深居永和的一家上海小館店名，它們似乎都能傳達出某種態度或訊息，讓我覺得文化或創意可被任何事業滿滿地擁有，不會被別人的認定所剝奪。

我也認為，發展文創產業，是認知到產業典範改變，它最終極的願景，是讓我們的生活和所有產業都有成熟文創意識。這是一個還在急速擴散的概念，在它的判準還沒有完全定型前，不妨做最寬鬆的認定。

【規則的想像】

推己及人

在所有東西聖賢的金科玉律當中，「推己及人」這四個字一直是最讓我心悅誠服的。這個思想發軔於《論語．衛靈公》「己所不欲，勿施於人」，首現於晉朝傅玄的《仁論》，完整於宋朝朱熹的詮釋。

這其中闡明的，是孔老夫子傳給子貢的「一言真訣」——「恕」的精神。加上「盡己之心」的「忠」，曾子認為，就是孔子思想一以貫之的脊柱了！

「推己及人」或「己所不欲，勿施於人」都蘊含著某種倫理學的方法論，對於抽象的「仁」如何理解、如何實踐所提出的確切方針；簡單地說，就是將心比心、設身處地、把人當人。簡單地說，所有善意的出發點都奠基於同理心。

和西方聖人「己所欲，施於人」的宗教之愛相較，有些人認為前者似乎較為消極，後者較為積極。其實不然，對這所謂的Golden Rule，西方也有負面表述，而中國也正面表述的。而且我認為，就語意上來說，前者是經由反躬自省的，謙卑地保留了其他主體與我相異的可能性；後者帶有宣教者的自我正當性，慷慨主動，但認定其他主體必然與我一樣。

無論如何，人與人相處，特別是不同文化、不同種族之間的互動，同理心至為重要。證諸歷史，萬物之靈彼此互虐相殘的悲劇，往往源自同理心的闕如，「非我族類，其心必異」表示了對於他者拒絕同情、拒絕理解的執念：宗教裁判所對異教徒的妖魔化、納粹德國對猶太人的非人化、文化大革命對於黑五類的汙名化，甚至西方強權與激進回教徒彼此之間的醜化，最主要的動機，都是抑制群眾產生對敵對者、受害者的同理心。

一旦同理心產生了，你就會把自身的感受投射在對象身上，也會把他們的感受傳導到自己心裡。你就會清楚意識到：大家都是有血有肉、人生父母養的人子、大家都是會哭、會笑、有尊嚴、有痛覺的個體。

一旦同理心內化了，你和別人的互動也會更平和從容，多了共鳴，少了冷漠；多了諒解，少了苛責；多了惻隱，少了嘲弄；多了包容，少了仇恨……

一旦同理心擴大了，我們對於周遭的生靈，無論是寵物還是流浪狗、家畜還是野生動物，也一樣會產生人道的關懷。

可惜的是二千五百年過去了！我們甚至對許許多多的動物都知道要善待、保護了！可是對於彼此，還是常常缺乏同理心。

「推己及人」對我而言還不只是同理心。它更是某種認識論的祕密途徑。

在哲學上有一種悲觀的「不可知論」，主張人是不可能完全了解另外一個人的。我並沒有足夠的信念來反駁它。但是根據我自身的經驗，我們始終是透過認識自己來了解別人的。人類的確沒有所謂的USB，一條連接線就可以原封不動地把我們的心智內容傳遞給他人，只能透過語言或文字。但是語言或文字在大部分時候，都需要經過我們根據自身的經驗，以及對經驗的推想，來加以翻譯、產生意義的。我們對自己越了解，對於語言的掌握越精確，就越能了解別人。

更根本的說，是「推己及人」讓人類的溝通有了可能。

對於先秦諸子的事蹟與言談我一直頗為著迷，並曾在《諸子之書》系列作品表達了對其中幾位的解讀、感受與憧憬。我幾乎可以想像，在文明初啟的遠古時代，一次又一次的，那些溫暖、睿智的道理被娓娓講述，而那些平均壽命不過三、四十歲的，飽受生老病死之苦的，困惑的遠古人類，則專注地聆聽、思索，無論是否心領神會，都始終對可能的知識與智慧充滿敬畏……

夢可敵國

商禽有一首〈遙遠的催眠〉，是我非常喜歡的詩作。簡短的句型、疏緩的節奏、似乎是無止境的複沓，累積出一種巨大的感染力，展現出詩歌在某些時刻，那種難以言喻的撫慰與療癒能量。

這次「方所文化」在成都開幕時，全場的來賓幾乎都參與了〈遙遠的催眠〉的朗誦，場面煞是感人。會場同時還朗誦了杜甫、何其芳等人的詩作。「方所文化」以詩歌啟幕，已成為這個傳奇書店的傳統了！它代表著經營者的人文屬性、生活態度與企業理想。

乍看之下，方所書店有些令人眼熟：浪漫、典雅的氛圍、私密、溫馨的木質陳設、戲劇化的場景與舞台意象、精緻、多元的文創商品，以及密集、壯觀的書櫃、豐盛、精美、琳琅滿目的選書，令人眼花撩亂。

的確，它主要的規劃者L和她的團隊，與早期的誠品書店有著極深的淵源，如今成功地在大陸演化出另具規模與雄心的文創基地，並複製著更多夢想與實驗。而大膽投入資金、資源，讓這個引領社會的夢想得以實現的，則是大陸時尚產業「例外」的負責人，細膩俊秀的設計師M。再加上仙風道骨的香港藝術家Y，一艘像是載滿人類文明的太空船，「方所」，就這樣啟航了。

我非常喜歡夢想成真的感覺，特別是在那樣的現場。但想強調的不是「成真」，而是「夢想」。混雜著遠見、勇氣、理念與創意、不安於現狀的靈魂……還有許許多多不確定性的，夢想。

曾經和友人在台北的巷弄裡多次冗長抬槓。我長久以來的感覺是：以台灣目前奉行的資本主義民主體制，加上政府資源日趨緊絀、監督管控日趨嚴實、破格或開創性作為充滿政治風險時，要突破現階段的轉型與發展困境，民間資源，特別是民間大企業，必須扮演更積極、重要角色。「民間財團救台灣」，我總是半開玩笑如此說道。

我們越來越崇尚小政府、大社會的政治美學，但是我們傳統的社會體質，卻仍是大政府、小社會的體質，對於民間力量與功能的想像相對貧乏，往往不自覺地對高門檻、高難度、高風險，或具公共性質的事業都期待公部門去擔負、完成。

其實，在許多國家或社會裡，民間，特別是大企業可以做到的事，遠比一般想像多得多，大得多。不談三百年前一個東印度公司就可以治理一個印度（它的公司旗幟還可能是美國國旗的原形）、當今歐美先進社會的高端武器或太空探測仰賴民間企業，連許多日韓的民間企業也都具備了準國家級的研發及經營管理能力，率先在科技、財經、人文、社會領域扮演先鋒及開創性角色。而政府的功能則著重於制定公平可信、獎優扶弱的遊戲規則，形塑健康永續的發展環境。

就此而言，我不免對此間許多民營大企業感到十分失望。它們也擁有準國家級的財富和資源，人才濟濟、技術尖端、資訊靈通；但是除了少數例外，好像很少率先去探觸一些好玩、勇敢，或精采、有創意的事情；對於更好的生活、更好的社會也毫無想像力。即使想回饋社會，也不脫簡單的慈善與藝文活動補助。

而這些年來的一些廣被新聞報導的事件、表現與相關言談，更讓人覺得在台灣許多富可敵國的企業領袖，他們的心智與品味連街頭攤商都不如。這是因為我們的大企業以高科技代工為主，沒有場域學習社會及人文意識？還是白手起家，獲利模式一直沒有超越勤勞、省錢的經濟本能？還是我們的遊戲規則從不鼓勵勇敢與創新？

至少，我們可以這麼說：台灣大企業的成長空間、貢獻空間還很大，就像我們手上還沒打出去的好牌一樣。最重要的是，要有想像力來活化這些資源，有想像力才有願景、才有動力和勇氣。

美感五盲

其實，美化，在大部分時候，只要做到除醜就可以。

把那些我們認為醜陋的事物消除、遮掩或改善，而非一意添加漂亮或裝飾元素——但是此刻被旺盛生命慾力驅策的華人社會總是忍不住要在錦上添花。

審美活動是極主觀而不易有共識的，它受到生活經驗、文化與階級深刻的制約，誰都不該自認優越於他人。但我仍不免「主觀」省察到，華人社會在生活裡實踐審美，或追求美感的過程中，一些較少意識到的盲點。

先說「色盲」吧。我們對於色彩的想像力似乎頗為貧乏，老是圍在較原始、本能的基本色相間打轉（或被刻板認定的中國色系）；我們對低彩度的顏色相對陌生、疏離，對於色彩的搭配與安排更不經意，多對比、少協調，遑論驚豔與創新；放眼望去，招牌、屋舍、衣著、塑膠用品，俗麗的色彩與裝飾過度喧譁，反映出我們缺乏清明的心智與心境。

其次，是「形盲」。我們對形體的把握往往不講究也不精確，除了國際通用的商品外，大自建築物，小至各種器物、擺設、家具，造型設計常不到位，在抽象、擬真、圖案化與寫意之間隨興擺盪、敝帚自珍；不談市井小民的居家空間，我們就很少在公家機構中找到幾處可以稱為美觀的建築：中小學校的大門、區公所、警察局或公共設施，常常令人難以消受；有些量體較大，或刻意要美化卻沒有基本素養的，甚至成為我們城市主要的視覺汙染。

「質盲」也許是貧窮時代的後遺症，但不盡然。免洗餐具、塑膠建材與洋鐵皮的濫用固然跟省錢、省事、暫時將就的心態有關；但對各式瓷磚、人造皮、電鍍用品或亮麗表面的偏好，或對各種仿製、粗劣材質的欣然接受，代表我們對質地、質感還未啟蒙。至於花崗石與鏡面處理的不鏽鋼門框搭配，浮誇的燈飾、仿玉石雕刻的藝品，有時彰顯的反而是更深層面的官能障礙。

「理盲」，指的是美感心智的闕如。有些時候，審美創作就是面對周圍駁雜的生活環境時，透過你的心智來分析、尋找、建立某種規律性或和它互動的遊戲規則；或進而反省規則、顛覆、破壞規則。黃金律的追尋、解剖學、色彩學、條理化、觀念化都是人類希望超越本能與直覺，把美感普遍化、知識化的種種舉措。華人社會甚至藝術創作者對此特別忽視，也許是認定美感關乎直覺，而規律的創造與追尋過於匠氣。但我相信，清楚而有根據的比例與規則也暗含著某種審美的專業化。就此而言，某些常見的旗幟、商標或中國國際民航的標誌其實還不能算是完稿、上海明珠塔也因為用寡視角的正三角錐去支撐全視角的圓球體，而在大部分視角來看呈現不平衡狀態。

「心盲」指涉的現象最多。因為審美活動表現了我們想追求的事物，也反映著我們的心態與價值觀。當我們受制於慾念、禁忌、慣性與陋習而看不到美也看不到醜時，就算是審美的心盲了！滿街電線電纜、滿山溫泉管道、人氣景點的攤販……固然是審美的心盲，一些認真、賣力完成的作品也會洩漏出我們急於去宣示、占據或填補「表現飢渴」的焦慮。

捷運劍潭車站某出口和小廟的衝突是不美的，因為一個鮮明奪目的個體補償不了一個被它破壞而變得不和諧的視野。新葡京、大褲衩和新法明寺就更不用說了；這些大量體的東西更多的時候是別人的背景，不該繁複、桀厲、突兀或孤芳自賞，它們最重要的美德不只是自己漂亮，還要讓影響到的大面積環境因你而更漂亮。

當我們在科技、經濟生活與流行文化和最先進的社會幾乎比肩同步、零時差時，我們的審美教養是否也跟上來了呢？有次去看聯合報主辦的「畢卡索展」，現場聽到許多人仍對這個偉大畫家的前衛風格深感畏懼與不解。但是，畢卡索的「前衛」也已是一百年前的事了……

文創時代我們面對的不再是消除文盲的挑戰了，而是消除「文化盲」。不過在那之前，也要消除「圖盲」。

尋找戰馬
——完成度是實現夢想的指標

幾天前BBC報導了三具《戰馬》的戲偶要拍賣的消息。這齣英國有史以來最賣座的舞台劇，一方面已從去年起在大陸展開為期五年的巡演，一方面今年初在倫敦光榮落幕，留下許多驚嘆、啟示與傳奇。

《戰馬》改編自Michael Morpurgo的少年小說，描述一戰年代人與馬之間的真摯情誼。由於故事極其生動感人，史蒂芬·史匹柏又把它拍成更為人熟知的電影。不過，讓《戰馬》成為傳奇的，還是舞台劇裡頭那些飾演馬匹的皮偶。

的確，要在舞台上完成這個動人的故事，最大的挑戰在於如何呈現與人類靈犀相通的馬匹，牠的動作、表情甚至心情？真正的馬演不出來，人類演員也裝不出來。但是在南非有豐富經驗用戲偶來表現動物的Adrian Kohler和Basil Jones（可以看看他們二〇一一年在TED的演講和示範）以最為細膩、神奇的方式解決了這個難題；藉由靈巧操作幾具栩栩如生、維妙維肖的皮偶，讓台下觀眾涕泗縱橫、驚嘆不已。

這樣的效果當然需要大量的時間、觀察、想像、技術與心力的投入。問題是，製作者對於呈現這個故事帶著何種想像，才會以這樣的態度來完成一齣舞台劇？

每個人想像中的表達或演出都不同。要呈現到什麼程度才算完成一部作品？每個人的標準也不同。比如說，某個電影故事裡有三分鐘的戰爭情節，你是要勞師動眾、全力去重現一個壯烈的戰爭場面，還是輕描淡寫，甚至透過象徵或旁白手法一筆帶過？

這當然牽涉到「必要性」的判斷。包括：電影的訴求重點、付出與加值成不成比例等，我感興趣的，則是創作者對完成度的認知。

藝術創作的主要特質，就是透過各式媒介最大可能的表現，讓觀賞者體驗到心靈與官能的刺激或震撼，進而進入你所傳達的訊息裡。無論是聽是看，創作者的任務就是呈現引人入勝的「景觀」。我喜歡在影視或表演藝術裡去尋找、感受創作者在實現構想、呈現內容的過程中那種投入、耽溺、苛求與突破的狂喜……《哈利波特》、《神鬼奇航》、《星際效應》或許多災難片、科幻片，那些動人的視聽效果，既是想像力的饗宴，也是作品內容本身。

以此來看，就不免覺得我們許多影視作品比較不重視，或沒有能力去追求完成度；我們重視訊息或故事內容，但不太介意在表現或呈現上是否有更好的成就：舞台劇看不出職業與業餘製作質量的差別；有些電影的服裝、視覺現成到跟紀錄片差不多，而紀錄片偏好感人的故事，和劇情片也差不多……

完成度不足或不受重視，我相信市場不大、資金較小是主要原因（但我曾看過一部特效和聲光之娛不輸給《變形金剛》的印度片，資金也不如台灣大片），這也導致技術不足、實現能力不足的惡性循環；但也可能是美學立場與態度，例如現代主義裡的象徵手法或寫實主義裡的素樸本色，他們的共同點是都不喜歡太資本主義的工具理性與專業世故；這樣的態度不可否認也細膩積累出台灣當代文化中特有的文青情調。

我想提醒的是，這種「完成度」的不足，是否也投射出某些台灣文創產業的現狀：專業度不足、呈現粗略、門檻較低、容易被複製、超越、拋棄……

關於恐龍的滅絕
——遊戲規則的思索

關於恐龍的滅絕，許多人都把帳算在多年前的一顆隕石——可能是弄出了猶加敦半島西端那個海灣的那顆隕石頭上。可是，那場劇變後，還是有許多物種存活下來，為什麼恐龍沒有？

因此，我們推測：環境或遊戲規則的改變，往往讓原先的優勢瞬間成為劣勢。像這些奇形怪狀、十分超現實的爬蟲類，也許是因為更早適應當時地球的環境，成為這顆行星的主角（至少在電影裡），牠們高踞食物鏈頂端，體型越來越大，食量越來越大；一旦面對突變，環境惡化、氣候變遷，原先需要優渥食物來源或穩定環境的物種，便第一個告別了白堊紀。

在物種演化的歷史上，這樣的例子應該不少。但是除非過了某個臨界點，否則以星球級的速度或節奏感，滅絕的發生，一定緩慢到沒有被當事者注意到。

可是到了人類時代的二十一世紀，環境變化的速度令人瞠目結舌。對我們來說，適應變化比適應演化更為迫切。

我說的不只是臭氧層破洞、地球暖化、海水上升、極端性氣候增加等自然環境的這一塊，更包括科技躍升後，生活方式、文明典範的變遷、產業的更迭這一類的現象。例如：某些品牌與產業，甚至某些政權的一夕瓦解、某些價值與判準，甚至某些信仰與信念的昨是今非；我們也親身經歷：代表工業時代的傳統製造業彷彿成為另一種農業、網路服務型態的推陳出新讓傳統服務業寢食難安，還有石油的跌價、學歷的貶值等等。這些現象使得過去成功的經驗越來越不可靠；也讓我們一時之間無所適從，怕一不留意就淪為最後一隻恐龍。

影響著地球人的法則基本上有兩種：

一是，被廣義相對論到達爾文「優勝劣敗、適者生存」的物種演化等假說試圖解釋的自然法則；它們是所有存在最根本的規則，往往不可動搖，但是人類的活動更為細緻、頻繁，大部分都在自然法則的空隙裡發生。

一是，有了人類社會後，發展出來的種種文明趨勢或生存發展的社會規律。這當中還可根據它們產生的方式，分出無意識的形成，以及有意識的制定。

無意識形成的遊戲規則猶如自然環境，也是我們生存競爭的基本場景。例如文明趨勢、生產方式、價值變遷、社會變遷、全球化某些必然面向等，我們很難改變它，只能盡快了解它，順勢而為。

有意識制定的規範，通常是為了解決問題而產生，是一個社會或國家機器基於對生存競爭環境的認識，所採取的制度和種種鼓勵與抑制的作為。

比較有趣的是，這些為了適應大環境所制定的遊戲規則，回過頭來，便成為人民或民間企業要努力去適應的小環境。為了適應它、或在這樣的環境下生存、獲益，我們的某些能力會越來越強，有些會越來越弱，宛如自我演化的亞種。

相對而言，這個遊戲規則是可以隨著主觀意志改變、常常在改變，而且有時必須改變的。因此成為我們更為關心，也比較有著力點的部分，更是我們持續提升競爭力或幸福力的契機。

但是在我的觀察裡，華人社會為了解決問題而制定規則的能力不是很好。所以有些規則過時、有些形同具文、有些製造更多問題、有的毫無效果變成瞎折騰、或沒有解決問題只是阻止問題的提出……它們往往是不同階段規則訂定者觀念錯誤、思慮不周、本位主義、政治考量或利益團體角力的結果。

我們必須真心相信，不夠好的遊戲規則是不會忽然產生出好的結果的。從交通規劃、都市更新、大學治理、產業政策到網路金融，甚至社會價值、風俗習慣等問題的對應中，我們常常看到許多明顯的疏漏、短視或僵化現象，甚至帶來負面影響。而這些偏差、粗陋的遊戲規則卻將是我們據以生活的真實環境，也是我們演化的方向。

人類是自己創造出來的新物種

——遊戲規則的思索二

早在自然法則改變我們之前，人類社會有意識或無意識發展出來的規則已先鉅大地改變了人類本身。嚴格說來，現在的人類，是人類自己創造出來的新物種。

也可以說，當代人類的身心特質，是依據人類社會塑造的環境與相關對應方式發展出來的。這兩者相互影響、辯證，人類生存環境的變化速度也就越來越快。而在地執政者對此的回應——特別是遊戲規則的制定，則關乎我們能否適應甚至影響這多變的全球環境。

華人在形塑環境、制定規則上表現不佳，一部分原因，是我們花太多精神在既定的、不合宜的規則裡競爭求存了，較少跳出來質疑：這樣的遊戲規則對不對、好不好；過去百來年甚至被迫接受許多別人制定的規則。

另一個原因，則是我們同時也不夠重視、相信、遵守某些遊戲規則。

人為制定的規則約可分為成文與不成文兩類；成文的泛指一般法令、制度，不成文的泛指人治文化與各式潛規則。我所謂的潛規則包括：某些做人處事的作風與習性、社會價值、政治考量甚至江湖道上的規矩。這些規則雖然沒搬到檯面上來，卻往往更具效率、影響力甚至破壞力；因為它通常是成文規則有了疏漏、不可行或不方便而產生，本質上形同否定成文規則。

在過去，我們是相當依賴不成文遊戲規則的社會，人與人互動多屬初級關係，更由於人治傳統、便宜行事、人情壓力的因素，對於成文規則的制定與執行不免較為輕忽、粗略。到了現代，我們開始量產成文的遊戲規則，進入法治社會；一旦嚴實厲行法治，才意識到原先許多規則的不完善。

當然規則不太可能完美，這當中有過時的時代產物或權宜之計，有平衡各界利益與觀點的妥協，更有錯誤的認知……即使如此，先進各國還是努力地把制度、規則完善化。因為，當法治越內化為我們的生活，我們便越感受到遊戲規則品質的重要。而形塑環境、制定規則的表現便代表了一個國家文明的高度。

華人社會在這一方面明顯落後：因為我們缺乏法治精神，所以缺乏完善的遊戲規則；因為缺乏完善的規則，所以對法治更無法產生信仰，而形成惡性循環。

以台灣來說，我們隨時會遇到恐龍級的遊戲規則：我們的大學治理讓原先優秀的人才進到一個假競爭的評鑑氛圍，完全脫離真實社會的競爭，讓過度量化掩飾了「質盲」、壓抑了個性與想像力；我們的觀光產業環境嚇阻了宏觀、永續的開發與投資，但嚇阻不了劣質業者的擴散孳生；我們「文創產業計畫」的投資成效證明了公部門對文創的一知半解——更不適於以現在這種角色與方式去推展文創。而當前更大的困境應該是：

一、我們無法以現有的遊戲規則去因應新的挑戰，特別是多個彼此矛盾的願望與條件同步出現時（那正是多元化現代社會的基本情境），大政府的社會體質與小政府的政治價值之間，找不出產業轉型的主導力量。

二、在台灣的規則制定者，無論是備受質疑而只想自保的行政單位或無知民粹、一意孤行的民意代表我們都無法寄予厚望……

對岸大陸在這個方面似乎也有更多盲點。例如，政治上的強勢與財務上的寬裕，可以雷厲風行一些政策或用錢財應付一些棘手的挑戰。它們看似迅速有效地解決了問題，其實長此以往反而弱化真正解決問題的能力。「權力越大，資源越多，理解問題的能力就會越小」，當我們聽到：把一個地區的眾多居民遷走不是問題，讓交通管制個幾小時不是問題、蓋個超大工程不是問題時，我們已經用威權或優勢資源簡化了問題的難度，失去周延思索問題的契機。

每個時代都有每個時代的問題，和他們所依循的價值觀。我認為解決問題的長遠之計，是儲備更多有解決問題能力的人，因此，遊戲規則的最終評價要看它培育、演化出什麼樣的人民；晚近全球治理的趨勢，在解決問題的同時，也著重於各種法規的鬆綁、由下而上的決策、重視創意、強化內需與分配正義，這些都是希望把解決問題的標準提高，更著眼於未來的效應。

從荊棘到常春藤
——我的大學教育想像

我一直認為，在所有文化場域裡，大學是擁有最多可能，並且是創造最多可能的地方。也許因為這樣，從年輕時到現在，我對台灣的大學教育與生活始終有種濃濃的失落感或幻滅感。

我對於大學的浪漫想像，來自「風乎舞雩」和杏壇，來自墨家的俠義工程，來自柏拉圖學院、逍遙學派，來自中世紀的修士與經院、牛頓和達爾文的劍橋、康德、黑格爾、叔本華與尼采的德國，甚至老掉牙的電影《學生王子》。

這些想像的共同畫面就是一群聰明、精采的人，他們對知識的尊敬與熱情、對智慧的探索與追尋，以及對自我、對宇宙無止境的好奇心；而這也必然會結晶出某種卓爾不群的價值觀或生活態度。

浪漫的場景當然會隨著教育的普及、時代的變遷而日趨世俗、現實。即使如此，當我和H初次漫步於哈佛大學古老的院落時，還是悚然充滿知識朝聖者的敬畏的心情。

多年後，獨自坐在哲學家小徑的座椅上，望著河對岸海德堡大學雄偉的廢墟、壯觀儼然的校舍，想到永不復返的青春歲月和幾近落空的文化理想，竟有泫然的惆悵。

在八、九所大學兼課超過二十年之後，我的失落感就更強了！我有許多同窗好友都是在大學任職、任教的。與他們的言談中，總會感受到許多無奈與挫折，似乎我們花了許多力氣、制定許多遊戲規則，結果卻把教育者變成了另一種要應付許多作業的「考生」。有些評鑑、考核的標準，不啻宣示傳道、授業、解惑之教育事業，只能遵循某種粗略、武斷且唯一的標準答案；幾經折騰，徒然逼出許多為論文而論文的論文、束縛了人力資源的應用、產生了更多形式主義。

也許我們的大學太依賴政府資源，而政府為了確保資源運用的成效，便強勢去規範、輔導、甚至過度規格化其實可以更靈活、創新的大學經營。以至於雖然我們有這麼多大學，卻無法讓數量優勢產生質變，來提升、改變或多樣化大學教育的樣貌。

我也曾以為大學是最具質感、最重視質感的地方；許多智慧與教育成就幾近直觀，且關乎個性、天賦與魅力。但是愈來愈多的刻板程序、行政考量，以及過度依賴量化，似乎也表露出我們對於「質」的無知、無感、無力與失去信仰。

有時我在想，在大學過多、少子化嚴重、報到率偏低、後段班學校欲振乏力的此時此刻，會不會反而是個契機，讓台灣的私立大學得以放手一搏，超越公立學校（藉由針對特定學科、特定就學、就業目的），甚至透過結盟創造出像常春藤一樣的名校品牌？因為公立大學不免有公家機關的宿命，飯碗較硬，限制也更多，而私立大學得為自己的生存、發展加倍奮鬥，也具有較彈性的管理思維。

私立大學良莠不齊，在任何國家都是正常的現象，市場也會自行判斷。

但是除了退場、防弊機制之外，我們可否再少管一些？特許、考核、補助、管制……都可說是保護學生權益的必要舉措，但是在買方市場的時代，讓經營者有更大的自由與想像為自己的教育理念負責，去提升形象、招徠師生，甚至鼓勵企業捐款、整合社會資源、鬆綁學費、活用人才，探索產品力、強化競爭力，也許更能滿足學生、社會與時代的需求。

尋找執政的正當性

無論是民主還是獨裁政權，全球的執政者或統治者的好日子已經過完了。一種新型態的人民或被統治者正在快速的演化、繁殖中，曾經近似「天命」的「執政正當性」正遭受前所未有的挑戰。

這個挑戰主要來自權利意識越來越強的人民：要求越來越高、容忍度越來越低、資訊越來越多、能力越來越好、動員越來越快，也越來越不信邪的人民。

在古早時代，由於統治者掌握了論述權——神權、王權、軍權、資訊和幾乎所有社會資源，執政的正當性很容易確立，也很容易鞏固，甚至往往倒過來成為其他機制正當性的賦予者。「國家」、「皇家」、「御用」、「官方」都代表著某種不可質疑與侵犯的權威。

但是隨著時代的演進，當上帝離席、傳統式微、威權退位，甚至連武裝革命也越來越沒有正當性來發生時，人民的同意或滿意已成為執政正當性唯一的來源。

由於人民的知識、資源、意志是如此強大，因此，越來越少統治權是先天具有足夠正當性的，而且沒有一種正當性可以永遠持有、長久持有、甚至短期持有，甚至任期內持有了！

在目前的文明社會，統治正當性的獲得與強化，主要來自選舉、政績或執政能力、人民的喜愛或其他社會基礎。選舉是執政正當性最主要的來源；選舉方式越普及、公正、得票率越高，正當性就越高。一般民主國家皆是如此。但這也只能保證開票當天的正當性。

有些時候，政績或執政能力更為人民所重視，特別是政治環境特殊或缺乏普選機制的社會。像中國大陸的執政者，就必須以更顯著的治理能力與效率去維持人民對其執政正當性的認可。在國家處境較艱困、資源不足、政績不夠突出或難以表現的時候，和人民互動時的表現、獲取人民的信賴與喜愛也十分重要；有些草根性較強的領袖或虛位元首，就特別需要經營這種形象力。

社會基礎也是執政正當性的保障。它指的是某種比較隱含的，和社會主流、和傳統價值的自然連結力；往往跟族群、信仰、血緣或共同經驗有關。社會基礎會讓統治者主觀上的「自我正當性」增強，客觀的「執政正當性」更堅固；反之則會顯得脆弱、無力、自我設限、執政禁忌也多。雖然每個從政者都有其自我正當性，但是基於客觀條件和人格特質，彼此仍有很大差異：自我正當性相對不強的領袖傾向於協調、面面俱到、客觀化思維；自我正當性較強的則傾向於主觀、獨斷、較有挑戰與改變的魄力。我一直認為，歐巴馬因為是第一個出自少數族裔的美國總統，他的總統權力無論在主觀或客觀上是打過折扣的。像國防政策、石油產業或和以色列的關係可能就是他的雷區。受過傷的民族、兩極化社會的領導人、長期在野，一夕執政的領導人也必須更謹慎，因為根深柢固的敵視與猜疑不易化解，甚至會伺機反撲，倫敦市長、雅加達市長或翁山蘇姬因此很難在行政、執法、族群（或宗教）

相關議題過於強勢。相反的，和人民一起奮鬥過的卡斯楚、以阿領導人、坐過牢的第三世界領袖或參加過戰爭的美國總統，他們的執政正當性和自我正當性往往更高。

但是我要強調的，是人民權利意識高漲下，任何人的執政正當性都會受到前所未有的檢視、挑戰與威脅。領袖、政府或任何統治機器的操作者失去了以往被視為理所當然的，代表國家的威望和儀式化的榮耀，反而更像公僕、靠納稅人供養的職員，或要向眾多股東負責的經理人；甚至像一支負載過高期望的球隊，只要犯了眾怒、犯了錯、戰績不佳或支持者的熱情降低，都可能隨時下台或付出不成比例的代價。

這樣的趨勢再加上網路世紀的到來，民間往往擁有和政府不相上下的資訊質量、專業判斷與政治自信，更有遠遠超過政府的媒體動員力。執政者不但無法再黑箱作業，而且得公開、透明地隨時隨地接受媒體、學者、社會各界，甚至無知但音量夠大的某些民眾的品評、指責、指導或施壓；而在每一次的公開討論與批判中，執政正當性都會受到一次又一次的考驗。

有時，這種過程幾乎會把治權的收放簡化、情緒化、任意化，甚至讓政府的穩定治理比經營一家公司更受干擾，而讓許多充滿不滿的社會頻頻更換領導；這到底是有助於國家治理，還是有害於執政效能？我們一時很難說清。可是民主社會的執政者都一定要有這樣的覺悟。

依我看來，香港政府目前的困境，就是它無法透過我前面所說的各式途徑來回應人民對其統治正當性的質疑，以至於對許多人來講，普選是回應質疑最簡單直接的方式。

真理也需要制衡

——對「無限上綱」的警惕

某種「不寬容」的幽靈，在人類文明的上空遊蕩，它凝聚成仇恨的烏雲，投下敵意與衝突的陰影。

在房龍出版那本思想解放史都快一個世紀的今天，這個課題卻依然方興未艾，人類社會的進步實在有限。也許是因為優越感，也許是因為恐懼感、被剝削感或同理心的闕如——更可能是經濟資源分配不正義……這些負面的厭憎情緒與偏見的病毒正快速擴散著。在口無遮攔、瓦釜雷鳴的新興媒體世界，人性的黑暗面被正當地召喚出來；不同的階級、族群紛紛武裝起各自的信念與價值，去抵抗、去輾壓無所不在的異教徒，價值觀之間的宗教戰爭似乎一觸即發……

所有人類用「智慧」創造出來的「愚昧」當中，最讓我悚然以對的，便是這種被稱為「無限上綱」的，集體退化的群眾心理。在發動文化大革命五十周年後的今天，裝備了科技、資訊與網路利器的二十一世紀人類，仍躍躍欲試於重蹈覆轍，實在令人憂心。

文化大革命為何如此失控？以至成為歷史上規模最大的文化自殘行動？原因一定很多。但是深藏於人類基因裡的反智傾向應該被反省出來，用以警惕我們：沒有人可以自外於犯錯的可能。

基本上，人類犯下「盛大的過錯」，都是在自我正當性最高或某些崇高理由加持下發生的。畢竟，大部分的人，特別是團體，也不會喜歡在「邪惡」或「反派」標籤下去奮鬥、奉獻與犧牲。而一個冠冕堂皇、看似「真理」的信念或價值，如何綁架人類的思考能力，因而產生相反或遠離正道的行徑呢？因為他們把這些價值或信仰「無限上綱」了。

「無限上綱」本意更接近以過大的罪名去定性一件不是那麼大的過錯，但是我們常用它來描述「過度強化或絕對化某種價值或態度的偏執行為」。

這不太算是誤用，因為要用一頂大帽子去壓死犯錯的人，後面的確需要一套壓死人的價值體系。

每個人都有各自信奉的價值。生存在這個世界，和其他人一起生活，我們也認知到社會上有許多不同的價值，甚至相互矛盾的價值。即使是同一個人，在同一個時間，也會受到不同價值考量的拉扯而猶豫不決。因此一個文明人的生活內容，往往就是不停進行著各種價值判斷與選擇，同時容忍著不同信念者的存在與意見表達。

人類在什麼情況下，會把某些價值無限抬高、無限強調而排擠掉別的價值或考量呢？有時，它是某種畸零人格的偽裝，因為神聖化所屬的立場等於抬高自身存在的價值；有時，它變成意志的角力，「是的，我就是要堅持我主張的價值來鎮壓你的價值……」；有時，是我們渴望有簡單的方式來解決各種複雜難解的問題，猶如救贖或信仰；有時，我們則需要別人對我們所重視的事表達鮮明的支持，並依據他們的態度來區隔敵我——特別是自信不足、危機感增加時，我們對於表態的要求便會加碼。

但我們無法窺視一個人內心真正的想法，只能自我示範、帶動氛圍，要求他們也以割捨別的價值、別的珍惜之物來表達明確、堅定的立場。當一個人或一群人為了信念或信仰，可以放棄財產、放棄思考、放棄尊嚴、親情或友情，甚至放棄生命時，異議者的立場、尊嚴與生命自然都微不足道了！中古時代的宗教裁判所、法國大革命、文化大革命、伊斯蘭國、恐怖主義者、情殺或榮譽處決，甚至我們社會裡某些不是那麼大的事件卻遭到網路私刑或公審……都是某種形式的，「無限上綱」的祭典啊！

或許，真理也需要被制衡，被別人的真理或其他時刻的真理制衡。

誠品、上海、文化圈

這應該是個常識：沒有豐盛、活躍的文化活動不可能成為偉大的城市。文化活動的指標之一，就是文化圈。

在〈夜上海〉和〈宜蘭組曲〉的樂聲中，目擊誠品書店和上海中心的合作交流儀式，有些興奮，也有一些期許。台灣最耀眼的文化事業如果能入駐東亞魔都，即將發生的事，應該不只是一場大規模的商業活動而已。

在事業擴充到文創賣場開發之前，誠品書店已辛苦經營許久。它的特殊感染力或引人之處，就從那幾近刻意的辛苦產生：一組優秀的設計師打造出超越了我們對書店期待的，舒適雅致的閱讀空間、採購團隊透過選書賦與書店真正的內容，還有個性化、專業化的定位理念、充滿書卷氣的工作人員……當群聚效應出現，布爾喬亞階級、波西米亞人日夜流連，最終形塑出高度人文的場所精神。

誠品的成功象徵著精緻文化消費在台灣有了深厚的社會基礎，更象徵「閱讀」這件事已是許多台灣人對美好生活想像不可或缺的一環。在物資匱乏的年代，我們也曾認真閱讀；但對多數人而言，那時的閱讀是吸收知識、充實自我或厚植競爭力的手段，一旦功成名就，有更好的休閒、享樂途徑，閱讀就被掠在一旁了。不過誠品經營者在仁愛圓環地下室的初創時期，便超越大家對閱讀的刻板印象、超越既定市場與成本考量，精心打造其他先進社會都難以企及的理想空間，傳達的訊息就是：它的目標族群認為閱讀的樂趣足以和時尚、美食、藝文活動等量齊觀。

誠品還透過書籍的選購、相關的活動和專屬刊物，密切和台灣的文化圈互動，彼此相互支援、幫襯，儼然成為都會最重要的文化生活中心。我所謂的「文化圈」像是一個圍繞了各式文化產業鏈而形成的生態，它集結了創作者、生產者、評介者、傳播者也包括重度使用者，在特定平台上獲取資訊、關心議題、形成社群。

台北曾擁有一個全球華人最為活躍的文化圈。在七、八〇年代，以主流報紙（如人間副刊、聯合副刊、時代副刊）和分眾雜誌為平台，各界文化人熱切進行發表、討論、報導與交流，引領風騷，發揮影響。透過文化理想、社會關懷等共同語言，他們彼此相知、跨界合作，讀者對他們的作品、主張都耳熟能詳，也透過各種方式表達支持，因此文化發展蓬勃、文化明星輩出。

台灣的文化圈涵蓋很大，幾乎和傳統知識分子的定義相當。由於使用、閱讀著相同平台、跨界參與共同的話題與活動，許多建築師、醫生、媒體人甚至生態環保人士都自視為文化人，在華人社會擁有特別突出的地位和話語權。可惜後來意識形態對立、政治躁鬱侵蝕了共同語言，文化圈被裂解了。加上媒體生態不變，主流媒體理想性消失，文化圈失去了影響社會的主要平台，至少，是徹底「去中心化」了。

文化圈必須是民間的、自主的，具有個性與多元性，還要有活躍的相關產業環環相扣，才能持續成長，發揮對社會的影響力。以這個標準來看，大陸的城市發展得較慢，北京的文化圈一向較為活躍、多元，但也是被政治權力安置於邊緣的位置。

我一直很喜歡上海，喜歡它的城市風情、浪漫街廓、喜歡小市民留存的生活文化底蘊，更不時被它星球級的宏偉建設與飛躍進步所震懾。但是以這麼一個壯觀、美觀的大都會，二千四百萬常住人口、上百萬菁英大學生，它在文化場域的表現實在微不足道；雖有些產業規模龐大、有些文創基地供人遊覽，但似乎沒有實質的文化圈和相關話語權。

我相信誠品書店若有機會到上海，不會只是硬體的移植，那是極易模仿與超越的。上海真正需要的，應該是建構一個以人的活動為主的文化生活平台，去召喚能支撐起誠品書店的那種社會能量，如果善用合作機遇，激活積蓄許久的文化潛力，再利用市場優勢進行創造、超越，以文化為自己命名，上海必能率先進入更高的世界城市規格。

【城市觀察】

垂直的世界與水平的世界

抗風化的火山岩和侵入的花崗岩賦予香港曲折幽深的灣澳、凹凸有致的山嶺，也為香港的高樓建築提供了堅固的岩盤。

我們在世界各地很少會看到這樣的景觀：從陡峭的山坡到填海新地，建物高寬比例懸殊如火柴棒、牙籤套、「釘子戶」的華廈四處林立、高聳入雲、恣意生長，這些動輒凌駕於稜線之上的水泥森林已蔚為香港山地最獨特的「林相」。

這些景觀和高昂的土地成本、密集的人口、進步的技術和穩固的地質都有關係。於是垂直的高樓與立體的活動空間就成為人們在香港最特殊的體驗。

從高樓層處遠眺下望，你往往會錯估樓下實物的體積與距離。因為在台北，辦公大樓約是十四樓起跳；在香港則很可能是四十樓起跳；必須靠精良、快速的電梯上上下下，才應付得了生活與工作的節奏！

所以我常與友人開玩笑：香港的上班族每天行走、活動的垂直距離比水平距離還多。不僅如此，由於地狹人稠，許多其他城市只會擺在一樓的店面或商業場所，在香港幾乎都移到二、三、四樓以上甚至幾十層大樓中的每一層。

此外，為了疏導鬧市交通，香港政府建構了舉世最完備的天橋系統，沿著舒適、方便的等高線，輔以坡道、電梯、樓梯、電扶梯，引領行人離開基本上已讓位給車流的地面，讓他們流動、穿梭於大樓與大樓之間、捷運站、地下商場及空調充沛的室內廳堂。

當更多店鋪、商場沿著地上地下各樓層的行人動線滋生，而人們也習慣於在不同樓層生活、消費時，我們必須說，香港其實已經把地面或地球表面多層化、立體化了！

香港是一個垂直世界。

但是當我這樣描述它時，還附帶一個象徵性的意涵：香港也是一個階級頗分明的社會。那是我在電梯、銀行、醫院或消費、社交場合感受到的第一個「文化衝擊」。

在這個井然有序的社會裡，許多人是有意無意帶著明顯的階級意識的。他們在各種場合精準、嫻熟地估量自己、衡量別人，謹守著不同的階級符碼，漠然付出或接受不同的精神與物質待遇。階級之間沒有太多共同情感，但「不平等」造成的「位能」促使他們力爭上游，朝一個方向去爭取更好的社會地位。

在香港或大陸，甚至歐美、亞洲一些社會，我常感覺到一種必須直接、間接修飾或提高身分的壓力。因為在某些地方，人們的善意並非基於自我期許或教養而一視同仁的，是看對方的身分而定：外地人、在地人、熟客、富人、高官……每個人接受到的笑容、禮貌或熱情是相當不同的。

我的不適應可能和我來自台灣有關。在我生長的地方，可能還有家長訓示著「富而不驕，貧而無諂」的傳統文化，可能移民加難民的社會還沒有足夠時間沉澱出鮮明的階級差異——印象中窮人和有錢人讀同一所大、中、小學是天經地義的；去同樣的電影院看電影，去同樣的夜市吃冰，也創造了許多共同記憶。即使未臻完善的制度造成貧富懸殊與城鄉差距，在台灣，平等和友善還是比較具普遍性的，不因你的衣著、言行、表情所暗示的身分而異。

因此，我所認識的一些企業家、高收入族群、學者、名人或官員，在日常生活中往往樸素低調、友善謙遜，一般民眾也較輕鬆自在——毋須擺譜、無需特權，因為身分不影響人們對你的善意或你該得到的待遇。

相對於香港，台灣是個水平世界。

在我們內心裡頭，垂直和水平的慾力交織、抗拮，創造出矛盾、緊張又充滿活力的社會。

大店員與小店主

香港是城市管理的奇蹟。

在迫蹙的空間下，要讓七百萬居民和一年三千六百萬旅客生活、移動、工作、消費，且各式資源與服務供應不絕、運轉流暢，你不得不承認只有香港人做得到。

在這當中，最令我驚豔的是消費服務的效能：不論是開得比7-11還密集的名牌精品店、蓋得比機場更寬敞的購物中心、容量比電影院還大的酒樓——或比檳榔攤大不了多少，卻足以應付一整輛大巴士的客人的魚蛋粉、茶餐廳，你都會由衷讚歎那舉世無匹的接待效率。

這所謂的「效率」包括了：速度、準確度、靈活度、專業度、收銀機飽和度，甚至有時也包括滿意度。舉例來說，香港一到用餐時間，大自上百桌的餐廳，小至幾張檯子的小店，瞬間都會湧進潮水般的顧客，已訂位的、臨時要找位子的、現場併桌的、門口排隊的，這樣盛大而令人手忙腳亂的緊急場面，已足以癱瘓掉一個第三世界的政府了！但只見那些領班、領檯、服務生、歐巴桑穿梭在人群間，帶位、點菜、推車、送菜、鋪桌、收碗、埋單……卻很少發生點錯、送錯、找錯的狀況，甚至送上桌的菜餚，火候、溫度還都剛好。

又例如在衣香鬢影的服飾店，操著各國語言、各地口音的顧客蜂擁而入，他們逛店的態度與動機不同，購買的習慣、品味和預算也不同，這時店員們就要使出渾身解數了，招呼、講解、推銷，還有判斷客人也很重要：純逛的就放牛吃草；趾高氣昂的就欲擒故縱；猶豫不決的就推波助瀾；身懷鉅款、不吐不快的就曲意逢迎。此外還有不打折不死心的、只剩巴西幣的、已沒現貨的、修改衣服的，店員們都得見招拆招、隨機應變，直到每個人都心滿意足，提著大包小包離開。

這樣的場景在香港四處可見，也包括了大商場各式專櫃、酒店服務生、電訊業、房屋仲介業的業務人員。我衷心認為香港最負盛名的服務產業，大半是靠這些在第一線任勞任怨、專業又敬業的店員們支撐的。

相較於香港大財團、大企業的連鎖店經營模式，台灣許多商店的特色則在於經營者本身——也就是老闆或店主。

也許是中小企業或個體戶文化根深柢固，也許是創業資本、土地成本不高、入行門檻較低，台灣的大街小巷充滿了各種「校長兼撞鐘（校工）」的小店經營模式。他們當然也會聘僱店員幫忙，但是規模不大、企業屬性不強、勞資界線較不明顯。

在這當中，最令人印象深刻的是，來自各行各業、不同領域的創業者往往會帶來形形色色的營業內容與商店風貌，以及專屬於店主的性格、品味、夢想與經營理念。

在我稱之為台北市「羅曼蒂克大道」的康青龍、溫羅汀一帶（永康、青田、龍泉、溫州、羅斯福、汀州），許許多多的小店主把一些原本平凡無奇的小事業，如：咖啡廳、書店、餐飲店、服飾店、禮品店、茶館、花店、手工藝店等，經營得有如一方個人夢土——或特定小眾的隱遁之所、生活基地與精神堡壘。他們靠的無非是對美好生活的想像、對理想或嗜好的執迷與投入、鮮明的生活態度與個性。

這些有著特殊能力與意志力去實現浪漫夢想，並深刻感染到周遭人群的「小店主」或專業人士，我常暱稱他們為「巫師」、「女巫」。台北市的人文、浪漫與多元性，就是因為台北市的巷弄裡定居了許多「巫師」和「女巫」。

「大店員」與「小店主」代表了不同的經營與消費模式，面對著不同的挑戰與艱辛，呈現出各個城市不同的美感與生活體驗。

香港朋友帶路

敦化南路和忠孝東路交叉的十字路口，在我看來，剛好劃分出可以代表典型台北城市生活的四個象限：面向七星山的第二象限簇擁著平價生活用品、市場、庶民攤商和流行的類型餐飲小店（麻辣鍋、燒烤、甜品），許多年輕人在此樂而忘返；一街之隔的第三象限是高級住宅、高檔餐廳和精品商店並存的地段，商店密度較低，人潮不少卻有一股異樣冷靜；第四象限蔓延最廣，各式餐飲、咖啡廳、異國餐廳林立，是白領階級大快朵頤的地方。

我要提的，是第一象限裡的錯落巷弄。那是個獨樹一格的小商圈，既新又潮也最具個性。此地有不少店鋪擺設用心、富於創意；追求流行但自成一格；追求人氣卻保有自己品味；徜徉其間，你總會被處處洋溢的年輕浪漫氛圍與專業工作態度所吸引。

這片象徵著新一代美好生活想像的新天地，是一個常來台灣的香港年輕朋友先告訴我的。他還告訴我其他一些台北正在發生而我並未覺察的改變。

香港人可能是全世界最懂得享受台灣的訪客。他們對於台灣旅遊資訊靈通、人脈廣闊、活動力強，在島上各個角落甚至偏遠鄉間，處處可以聽見細細瑣瑣的廣東國語。不用提誠品書店、西門町、「春吶」或簡單生活節，在往平溪的列車或往鯉魚潭的單車道上，我也和他們打過照面。前一陣子偕友人去見識昆明街的「牛店」，才到那裡就發現已有許多香港遊客在排隊了！

香港是全世界最先進也最世故的城市之一，香港朋友來台灣比較不像是觀光、度假或血拚、獵奇，而以一種更融入當地的方式進行。它更像是體驗某種過日子的方法：某種由價廉質優的消費、友善舒緩的人情和多元平等的社會共築而成的生活文化。在此，他們優游自得地逛著各式的咖啡館、多樣的個性小店、親切的各地美食、豐富的分眾藝文活動和優美、方便的自然環境；這樣的生活情調是充滿競爭壓力與成就慾望的「垂直社會」較難提供的。

觀光活動對一個地區的影響深遠，香港旅客雖然相對沉默、分散，不過一年近一百二十萬人的期待與追求，還是讓台北東西鬧區、許多地點與商家更加活絡、精采，就好像早年日本旅客形塑六條通一帶的懷舊氛圍與食色產業、近期大陸團客改變特定歷史景點與賣場（例如：誠品、一〇一）一樣。

透過來台旅客的眼光與回饋，增加某些參考座標去更加了解自己、了解別人——觀光其實是現階段我們與不同社會進行交流最普遍有效的機制。尤其是近幾年來，媒體退化與政客言行嚴重侵蝕著我們的客觀心智，在表態式的揄揚與謾罵中，人們越來越難以正確評量台灣與世界的關係。

與不同的香港朋友聊天時，我總會忍不住分析、反思兩地差異。我隱隱覺得港台不同發展，除了歷史因緣與政治定位外，其實人民對兩地政府的不同想像與期待，也有很大關係。他們各自實現了小政府與大政府的優點，也同時面對宿命的困境：一邊是小政府與大資本家的雙人舞終致重心不穩，踩到百姓痛腳；一邊是大政府應付不了民意與選票需索，搞得無以為繼。

另外，我一直認為台港之間有些互補態勢相當明顯，彼此可以從對方學到東西、引進許多經驗，例如房價失控與對策、國際化的本質與關鍵、政府鬆綁的切入點、文化、環保與青年問題等。但直到兩岸解凍這幾年，香港才有機會來正面認識台灣。而台灣呢？

香港最美的風景

常聽人家說，台灣最美的風景是人，充滿人情味的人。有時候我覺得，香港最美的風景也是人，假日歡聚於鬧區的那些移工。

那時，我初到香港長住。某個禮拜天來到中環，立刻被一個非常特別的景觀所震撼。那就是因為放假，從各方匯聚於此的各地移工。她們遍佈鬧市各個角落，人數比在地人、比觀光客都多得多；聲量就更不用說了！歡樂、急切的言談，還有音樂，把整個空間烘托得像個快樂的巨大鳥園。這個景像讓我對香港人、香港政府一下子有了極為正面的印象。

眾所周知，香港是一個重視效率、極有秩序的現代都會，有時也不免讓人覺得是一個非常現實、勢利而缺乏溫情的城市。

這樣一座光鮮亮麗的城市，竟然可以容忍這樣一種未預期、未規劃，自發性的擁擠與雜亂，相較於歐美社會近年來的排外、歧視與壓制，我覺得實在是遠為文明的舉措。

香港總是隨時快速流動著，任何人在街頭上慢下來或停了下來，就可能被嫌擋到人潮或別人的去路。我們也注意到，在香港，許多地方是沒有座椅的，它意味著除非工作、消費或移動，一個站或坐在鬧區的人是多餘的。

香港的鬧區幾乎沒有座椅，但是一到週末，特別是禮拜天，歡聚的移工們把每個地方都變成了座椅。

這些來自菲律賓、印尼、越南或其他地方的移工在辛苦工作一個禮拜之後，相約在各個交通方便、熱鬧又好玩的地方放鬆一下自己；他們或者仔細打扮，或者輕鬆著裝，把帶來的舊紙箱、塑膠布鋪在地上，三五成群、密密麻麻的坐在人行陸橋上、陸橋的樓梯上、大馬路邊、小巷弄裡、草地上、騎樓下、公園裡、欄杆旁、廣場邊、地鐵站前，悠閒自在的聊天、打牌、睡覺、野餐、玩手機、編頭髮、塗指甲油、拍照、買賣東西，甚至還有好幾個團體在空曠的地方表演、排練舞蹈或集會演講。不只如此，在相鄰的場所，屈臣氏、麥當勞、吉野家，賣場裡、速食店裡，也是擁擠著印尼的、菲律賓的、帶頭巾的、不帶頭巾的職業婦女，用餐、購物、匯款、兌換錢幣，顯得忙碌而熟練。其中，往ＩＦＣ的陸橋、往中環地鐵站和ＳＯＨＯ區的過道、維多利亞公園一帶最為壯觀。

當過兵的我，永遠記得假日放風時的歡欣，因此完全能體會她們想好好過一天的心情，也真心替他們感到高興。

不久前，由於人數較多的移工聚集於台北火車站，引發了一些人的側目與論戰。看起來台灣最美的風景還不太能適應香港最美的風景。但是我覺得沒有什麼人需要被責備，這只是外來友人和在地人互動更加頻繁時，彼此還需要多作點學習與溝通。而在有關單位訂定規則時，我真的覺得他們應該先來香港看看。

我一直相信，本質上，華人社會是包容寬大的，這不是來自於政治正確的理念，只是將心比心的善良，和來自人性的體諒。我也相信，為了讓辛苦的移工有個方便輕鬆又自在的假日，除了交通安全不可以打折之外，我們願意為美麗的風景付出代價。

格蘭披治和鄭氏大屋

鄭觀應是清末民初極為傑出的廣東商紳，曾經參與過太古洋行和招商局的創辦與經營。他所寫的《盛世危言》，觀察精深、言論剴切，主張「欲自強，必先致富……必首在振工商；必先講求學校、速立憲法、尊重道德、改良政治」，開明思想曾經深遠影響了光緒皇帝、孫中山先生與毛澤東。但是起先我並不知道深處葡民社區的「鄭氏大屋」就是他撰寫《危言》的故居。

廣達千坪的「鄭氏大屋」是我在澳門見過最恢宏、典雅的華人宅第之一，樓台櫛比鱗次、建築精美大氣。宅院中的文昌廳是族人讀書的地方，明亮軒敞，月門兩側刻有一副神祕對聯，下聯是「借樓閣以撐天」，上聯卻只寫「現陰陽而合（）」五字，最後一字獨缺。同伴不得其解，我也試圖從平仄、字義、詞性來猜測。

不久，眾人來到前院，一狹長廣場襯著長排主屋，有如風的走廊，我們在彼沐風稍息。這時靈感忽動，直覺對聯所空下的應為「氣」字。因為除了平仄、字義、詞性之外，我感悟到：當下流動的氣正是這個場所獨有的能量與優點，也只有無形的氣才能解釋字並非被簡省——它始終存在，只是看不見而已。自圓其說之後，不免自鳴得意，闊步徜徉在清風輕拂、地靈人傑的宅第。

但是這份閑靜並不持久，因為咫尺之外，鬧熱滾滾的格蘭披治六十周年大賽車現場，才是我們此行主要的目的。

歷史悠久的澳門格蘭披治（Grand Prix）和蒙地卡羅賽車是目前世界上碩果僅存的兩個市區街道賽車，以路狹、多彎、危險著稱，競賽車種則以三級方程式（F3）、房車、摩托車為主，同時穿插骨董車或其他特殊車種的比賽。許多國際車神級人物如洗拿、舒馬克、漢米爾頓等都曾在此嶄露頭角，但也有不少車手在此命喪賽道。去年就有兩位不幸遇難。

賽前到pit（維修區）見識是相當有趣的體驗，在這裡你會看到世界各地的工作人員忙碌著測試與準備，各式各樣的器材裝備罕見而昂貴，贊助商的商標四處招搖，賽車女郎顧盼流連、性感無比的賽車發出低沉的吼聲，都讓人腎上腺素迅速飆高。

到了出發點的看台區就更不得了，黃黑相間的觀眾席早已萬頭攢動、人聲鼎沸；擴音器的廣播則把在場的人籠罩在嘉年華的歡聚氛圍裡，車道更是焦點所在，任何動靜都勾動著人心。我一直認為賽車是最具罣酮素的活動，它原本是西方社會發洩旺盛精力、英雄主義與種種慾望的昂貴遊戲，被科技與時尚提升為人類超越極限、追求卓越的終極運動，這當中充滿競爭、速度與征服，顯得既危險又浪漫，也更強化了澳門原本濃郁的南歐或拉丁風情。

當二百多匹馬力的引擎震耳欲聾地一部部劃過看台，音爆幾乎掀翻觀眾的感官，有一陣子我卻想起了那幽然獨立的鄭氏大屋，和零碎的「國際化」思維：近年來「國際化」被視為自明的正面價值被積極推展，卻忽略掉它其實有著多種意涵與面向。

跨越差異與藩籬是國際化，建構互動的平台與規格是國際化，千百年來，當愛琴海、北歐、伊比利半島或東南中國的人民克服了對未知的恐懼，走向一望無際的大海，或書桌前的書生毅然去探索陌生的觀念與知識，其實都是某種國際化。

一個地方被殖民過並不必然帶來國際化——它奠基於遼闊的視野、客觀化的心智，它的理想是追求互惠與平等，而不僅是屈從於優勢文明而已。我們，應該越來越有條件接近這樣的理想。

時光走廊

——台北市的懷舊之旅

迪化街不是那種主題樂園式的，死去的老街。雖然比起我的童年印象，它衰頹了不少，但仍有著頑強的生命力：人們繼續在此安住著，布店、藥鋪以及南北貨繼續營業著，幾家老攤子繼續烹煮著熟悉的口味……這幾年年輕人更帶著文化創意、帶著對這個地方的記憶與美好想像重新入駐，像斑駁屋簷下那些回巢的新燕。

我一直著迷於這片陳舊、蒼涼的街景：華、洋、日、歐合璧的華麗建築，頂著巴洛克山牆、花台、窗框；精雕的牆飾、窄狹的立面、深邃的宅第、蔭涼的騎樓、亭仔腳，似乎把古老的時光封存了！

它和平行的延平北路共同鑄造了我對這座城市最初的印象，如今，已退處城市生活的邊陲，也許入夜以後，才會回到那個茶行、銀樓、舞廳、電影院、糕餅店林立、霞海城隍隆盛繞境的風華年代……

為了概括介紹台北幾個主要的旅遊動線，我曾把「康青龍」、「溫羅汀」這個包含台大、師大生活圈的浪漫街區，稱之為羅曼蒂克大道（有如德國著名的**Romantische Strasse**）；圍繞台北盆地四周的郊山步道與公路則是「天空步道」；以迪化街為中心的大稻程地區再沿著河岸往北、往南，則是充滿歷史感與懷舊氛圍的「時光走廊」了！

如何才算懷舊？要經過光陰多久的洗禮才能成為被懷舊對象？見仁見智。但是以這座建城不過百多年的年輕都會而言，清朝、日據或國民政府早年的建築、文物或記憶，都足以令人發思古之幽情了！

我納入「時光走廊」的，共有六個地方，由南往北，分別是：萬華龍山寺一帶最古老的廟埕生活圈、西門町和城中地區的統治中樞區、大稻埕傳統商貿中心、大龍峒孔廟、保安宮老社區、士林老街和官邸、故宮等歷史景區、新北投溫泉的日式休閒生活區。

台北是一座時空交疊的城市，卻有著鮮明的發展軌跡；在城市之西，淡水河東岸，特別是大稻埕到艋舺及兩港之間的這一段，是漢人最早聚居、商貿最早發展的地區，自然是我們懷舊之旅的重點，也是最能呈現庶民生活與文化的所在。

萬華區（以前的艋舺）的龍山寺，就有近兩百八十年歷史，是極為精美道地的台灣寺廟建築，祖師廟也蓋了快兩百五十年，但相對僻靜。華西街一帶以美食和早年風化區聞名，還有佛具店、青草店加上剛復原的剝皮寮，使得這裡始終瀰漫著古舊、神祕、草根的氣息。

而緊鄰萬華東北的城中地區，自古以來就是統治者的官衙重地，由五座城門圍繞的城牆守護著，日據時代拆了城牆、移了巡撫衙門，但戮力建造了許多西化的新古典及現代主義建築，包括總督府、台北賓館、台灣銀行、土地銀行、博物館、郵局、台大醫院等，這些後來被國民政府接收、襲用的官方建築，堂皇壯觀、相當耐看。它們一方面誇示著當年新興帝國的威望與文明高度，一方面反映出明治維新以來，日本人對西方文明、建築美學發憤學習，到心領神會，到脫胎換骨的心靈變革。

但是這一帶真正熱鬧的地方，還是重慶南路書街、鞋街、城中市場，特別是以中華路和衡陽路、成都路交叉口為中心的西門町地區吧？有很長的時間它是台北市最大、最時髦的商圈，當時的電影街加上中華商場吸引了全城的消費者。後來盛極而衰，後來又否極泰來，如今依舊是國際觀光客與青少年最喜歡流連的地方。但如果夠細心，或熟悉這個地區，你會發現仍有許多角落留存著國府來台早期的氛圍：商家、機構、外省老餐廳，以及在此緬懷的年邁長者。

大龍峒是台北市另一個古老的社區，始終保持著古樸的庶民情調，社區更新也較遲緩。「豬屠口」曾戲劇化主導了我小時候對它的想像。在迫促的民宅街巷中，歷史不算久遠但宮牆儼然的孔廟，和修復得宜、獲國際肯定，與龍山寺、祖師廟並列三大古廟的保安宮，卻在此重現了一個最為寬廣、完整的廟埕空間。

再過來的士林區，幅員遼闊，交通四通八達，各類景點豐富。由於老蔣總統長住在此的關係，從陽明山下沿仰德大道上山，一路上都有許多相關的機構、行館、典故和遺蹟。從某個角度來說，附近聞名於世的故宮博物院，也是他心靈追求的重要投射。

「時光走廊」最北邊的新北投，搭乘捷運就可以輕鬆抵達，是一個風景優美、房舍錯落有致的地方；像其他懷舊景點一樣，基本上都是因為環境、建築、氛圍更動較少，保留了較多原汁原味的原貌。我從小時候就常到新北投公園寫生，它一直沒什麼改變，直到增加了一座漂亮的圖書館。但是沿此上山，經過溫泉博物館，到吟松閣、到禪園，你會覺得，新北投幾乎還是從前的樣子：造訪的旅客這麼多，卻依然安靜如昔，年代如此久遠，卻仍如此貼近我們內心對美好生活的期待。

除了「時光走廊」，台北市可供懷舊的地方還有很多。可能是因為台北市的文青情調很濃，空氣中瀰漫著疏緩、易感，特別容易讓人懷舊吧？我個人還喜歡去植物園、台灣大學、公館的自來水廠和華山、松菸、南村幾個老廠房、老眷村改造而成的文創園區，暫時脫離充滿車囂的繁忙時空，和自己的過往情懷與記憶，取得短暫的聯繫。

歷史考題

那年應邀到柏林參加了「柏林文藝節」，德國著名漢學家K特別帶我逛了幾個地方。讓我印象十分深刻的，是那麼多膾炙人口的景點，他卻專程帶我去看了挽淚湖（Wannsee）畔，那令人倍感沉重的萬湖會議紀念館（The House of Wannsee Conference）——納粹領導人決定有計畫、有效率滅絕猶太民族的「最終解決方案」，就是在這風景如畫的湖濱別墅拍板定案的。

行走在窗明几淨，安靜如墓穴的文獻與歷史照片之間，某種被深沉創痛魔化了的現場感令人不寒而慄。到此造訪的有各國各地的人，彼此陌生，不交換眼神，卻因為難以言喻的靜肅表情，分享著奇特而強烈的共鳴。

走到陽台舒一口氣，依稀感覺到六百萬猶太幽靈的困惑、恐懼、絕望與傷痛，但是你同樣也清楚感受到當代德國人對這段歷史痛切反省、悔恨與贖罪之心。

有著深刻皺紋而更顯日耳曼陽剛氣的K，沉痛地對我說：「這一切真是太殘忍，太野蠻了！令人不知如何面對……」「我一直不敢帶我女兒來，怕她太小，承受不住。長大了我才帶她來……」

德國人的悔罪做得十分徹底，他們毫無保留地和納粹思想與作為劃清界線、坦然承受了發動戰爭、屠殺人民的原罪；他們積極認錯、幫忙緝凶、追捕戰犯，在教育、文化上更不遺餘力保存記憶、記取教訓，而且比任何國家更積極實踐人道、維護和平、消除種族仇恨的基因。一九七〇年德國總理伯蘭特在華沙的猶太起義紀念碑前下跪，更成為戰後德國洗心革面的象徵。

這次，敘利亞因為內戰湧出了數十萬難民，他們沉浮於地中海，流竄於東南歐，各國政府進退失據。也是德國的大媽總理梅克爾率先認收最大量難民，取得要求其他國家跟進的正當性與主導性，因而迅速降低大規模人道悲劇的危機。

與此同時，極力為日本二戰行為辯護的安倍政權則強行通過了新安保法案……似乎，和德國，甚至和槍決墨索里尼的義大利人相比，當年三個軸心國之一的日本，還答不出這份七十年前的考題。雖然，二〇一五年，前首相鳩山由紀夫也勇敢地效法了伯蘭特，在首爾西大門刑務所博物館下跪，還有包括宮崎駿等許多文化人或左翼政治人物，他們的悔戰態度十分真誠，但似乎皆非政治主流。

我想，一方面是不同民族有不同方式解決不光榮歷史的焦慮，以滿足自身歷史潔癖，一方面當時或接下來的主客觀環境也大不相同。

二戰時德國侵略的對象，許多是比自己老牌或先進的強權，猶太人更有驚人的論述力，不容你敗戰後敷衍應付，首強的美國也較尊重那些盟友；日本在亞太侵略的對象除中國、美國外多是一些戰時、戰後宗主國便紛紛離開的殖民地，因此除了對美國之外，日本人的優越感並未消失，美國也較不尊重這邊的盟友，中國更因為內戰分裂，形同自我取消戰勝國種種處置權。因此美國一國的立場便決定了日本日後的悔戰規格。

由於在門口的惡魔比死去的惡魔可怕，停止清算日本舊右派政權，扶植他們來對抗左派政黨以及共產國家的威脅，是美國清楚的抉擇。而由這樣的舊政治體系來道歉，迴避了發動戰爭的思想基因與道德反省，絕對是不徹底的，令人不免覺得他們只為戰敗，而非為犯錯而道歉。

但歷史考卷不止一份，日本在接下來的考試表現認真，對美國而言，往後七十年忠實盟友的交情早已取代二戰數年那些盟友的交情了！其他被侵略、蹂躪的盟友始終等不到一份令人滿意的答案，也許是因為他們從不被視為戰勝者，也許是美國獨享了道歉。但我認為要日本真誠認錯時間早已過去（也可以說日本要真誠道歉時機已過，未來她都得承擔未獲原諒的後果），歷史並不會停留在一九四五年。但不論戰勝戰敗，這份考題其實每個人都要填寫。

#【閱讀與體驗】

如歌的行板

好一陣子沒看電影了！在繁忙的日子裡無法如願，時時反芻著視覺的飢渴。

但是我並不曾預期，讓我意外得到滿足的，竟然是目宿媒體的文學紀錄片《他們在島嶼寫作》系列之二。

系列二這次首先推出的，是關於洛夫的《無岸之河》和瘂弦的《如歌的行板》。這兩位詩人，一個是意象的魔術師，一個是詩藝的吹笛人；都是前輩詩人中創作成就最高、影響力最大的宗師級人物，也都是現代詩的重要啟蒙者。由於參加文藝營的關係，瘂弦還是我在詩壇上第一個要叫老師的人。

他們和另一位詩人，勞苦功高的張默，當年就從左營一個海軍營區啟程，胼手胝足創造出「創世紀」的傳奇。

十分巧合的，今年剛好是創世紀詩社成立六十周年。這一陣子熱烈推出了許多慶祝活動，像一個溫馨、親切的詩歌節一樣，文壇上的新舊朋友大概都出席了。我靜靜坐在最後頭，重溫著少年時代初入詩壇的情景；幾乎也就是這些如今垂垂老矣的前輩們，他們無私的分享、他們的才華、理念與熱情，啟發著我、鼓舞著我，讓我流連詩創作的魅惑國度，迷途忘返。繼而一想，這本現代感十足的方形詩刊，很可能，很可能是全球最長壽、參與作者最多且始終活躍著的詩刊呢！

在長春戲院看《如歌的行板》，令人感動泫然。自述者的瘂弦，聲音向以「甜而冷」著稱，如今多了歲月的滄桑與深切的情感，讓影片本身就瀰漫著濃濃的詩情。再加上詩人智慧的談吐、幽默與自嘲，還有那些膾炙人口的詩句，似乎即興地就組合出一個深刻、迷人的拍攝腳本。

「……想著，生活著，偶爾也微笑著
既不快活也不不快活……」

我認識瘂弦超過四十多年，一直覺得他是最聰明的前行代詩人，詩集《深淵》就是他絕頂功力的展示：再怪誕、異質性的思想、概念、元素，透過他爐火純青的語法，都被消化得貼切、自然，毫無一般現代詩的冷澀、牽強；特別是那母語般的音樂性與節奏感，收放自如，和他平日聲音一樣溫厚，和他細膩的心思一樣婉轉，可以說是白話文學的典範。

但是直到看到這部影片之前，我並不了解他的前世今生，也不曾去細讀他們那一代人內心的苦楚。我認識他時，他已結束了他的創作生涯，成為偶像。他的詩作在文青間琅琅上口，他的儒雅風采也一直為人欽羨。但是我不知道在他的心底，一直住著一個哭泣、淌血的少年靈魂，對戰亂的過往懷著傷痛，對父母懷著思念與愧疚，對時代懷著疏離，對時間懷著無奈。

從貧窮、肅殺的上個世紀五〇年代開始，許多顛沛流離、輾轉來台的青少年軍人，以及本島跨越語言世代的文青們，在無人重視、沒有資源的環境下，苦心孤詣地探索著現代藝文的理想國度。他們極力學習、創作、思索、模仿、翻譯、爭辯、討論，偶爾也相互吹捧、取暖，他們無視於報酬的低微、回饋的稀落、旁人的冷眼，一心為創作理想奉獻。今天回頭再看，他們不但積累出華人社會最為豐盛、精采的詩歌資產，建構出壯觀、懾人的新文學地標，也激發了我們對於自我、對文化創意、對這塊土地的豐富想像。

《他們在島嶼寫作》所報導過的一些詩人，早已是世界文壇上的一等星。沒有閱讀習慣、飽受電視光害或不曾見過晴朗夜空的人，也許沒有機會認識他們。但是讀過他們作品的人，都必然小小幸福過、被觸動或療癒過，在島嶼燦爛的星空下。

阿達一族、曼德拉與昆德拉

每個偉大的人物周圍免不了一些消費他的人。

每個死去的偉大人物周圍更免不了一群急著消費他的人。

在充斥著理盲與濫情的電影狂潮裡，那天躲在旅館再看《阿達一族2》，卻有了新的鮮明感受。在以前，我比較注意的是《阿》片濃濃的哥德式風格、勇敢的想像、怪誕的角色和他們特立獨行的個性與言行。這次，我則關注於片裡的尖刻嘲弄與批判；而批判的對象正是西方布爾喬亞社會中某種陳腐而不自覺的偽善與假正經（假文明？）。

片中最為爆笑也最令人印象深刻的，是夏令營中關於感恩節的那一段演出：原先安排好的白人與印地安人互釋善意、快樂相處的刻板劇情，被陰惻惻的小酷女「星期三」硬是改成更接近印地安人理解與感受的劇情，它讓印地安人的反應更聰明、合理、尊嚴——雖然更加荒謬與亂整，卻尊重了印地安人其實飽受侵凌、幾被滅種的真相。

不知為什麼，我很快把它跟隔壁幾個新聞頻道的曼德拉葬禮新聞聯想在一起。這麼多的國際領袖雲集、這麼多主流媒體鉅量、鉅細靡遺的報導，卻讓我忍不住想到它和《阿》片中感恩節的相似性。溫馨的言辭、和解的擁抱……好像就把幾十年前作為共犯的西方強權種種作為一筆勾銷了！曼德拉或其他幸運與不幸的抵抗者，大半生的痛苦記憶、政治立場與複雜感受，甚至南非或非洲的記憶就被西方媒體描繪的華麗結局再度埋葬了。

偽善不只是西方人或某些階級追求文明、教養的同時，又想鞏固既得優勢的副產品，也是其他不求文明、教養者想攫取更多利益的主產品。它所以令人不快，因為它好像占盡便宜的同時還想占有我們的善意與尊敬，偏偏又總是如此粗率、明顯的矛盾與虛偽——而這又嚴重侮辱到我們的智慧……可惜迄今覺察到此並因此不快的，依然總是少數人。

偽善是人類良知和愧疚妥協最方便、最廉價的行為與思考模式，是認知失調理論的典型反應，我們每個人多多少少都有一些。這主要是因為我們內心的主觀好惡很難樣樣符合公認的道德指標，我們在日常生活中更難言行一致地吻合內心的道德認知，而不得不在表面言行上勉強呼應。

在偽善而不自知的社會裡，媚俗往往就成為美德的替代品。談到媚俗（Kitsch），我就深深想念起米蘭．昆德拉和他的《生命中不可承受之輕》。這個多指涉的德文字眼，被昆德拉引用於主人翁托馬斯的特殊情境時，很快深化、擴大了它本身的意涵，震撼、點醒了一廂情願的西方人，從而引發讀者對它的界定與申論。在遺傳著更深「媚俗」基因的東方社會也有一些討論，但是「媚俗」是如此普遍、如此自我指涉，使得這個字眼在我們的社會中幾乎失去辨別的意義：

骨髓裡的人格從眾傾向、屈從普遍的低俗品味、忍不住直接間接去取悅群眾——特別是對你充滿善意與期待的群眾、恐懼落單——或至少屢屢亢奮於和多數人的共鳴與感動，彷彿一切正按照完美的劇本演出——而媒體或鎂光燈或媒體化的社群正目擊、鼓勵著這一切……表態吧！盡可能優美、有創意、有個性地去表態！他們等著你說出他們想聽的話……媚俗成了我們被自己和別人接納的社會儀式……只有具強烈自我意識的人覺察到它，也許也只有極少數人，像尼采、易卜生和魯迅之類的人試圖抵抗它吧？

然後，回頭再看《阿達一族》，發覺到，這黑色喜劇裡還蘊藏著某種對畸形與異端之「碩果僅存」、「瀕臨絕種」的憑弔。我想到，幾乎在同一時間，特立獨行的彼得・奧圖也死了！

吃吃的電影之愛

參加了老友的首映會，又興奮又感慨。他曾是我見過最有才華的電影青年，飽覽各類藝文作品，充滿各式奇想；最特別的是，擁有一種我所謂「百俗不侵」的氣質——也就是說，無論從事的是何等通俗、取寵的娛樂事業，他都有本領從容、優雅地完成，而不傷及自身品味與教養。

他的娛樂事業大家有目共睹，可是我始終難以忘懷的，是那個娓娓陳述著法斯賓達的UCLA電影碩士。這次，這部遲來的電影作品，顯然仍吻合我對他的預期：細緻、世故，一方面全神貫注於市場訴求，一方面像孫悟空一樣，忍不住在某些角落撒泡尿，務必要留下自己的氣味。

他的電影語彙十分豐富，鏡頭華麗而洋溢著超現實想像，相對於一部感傷主義小品，其實是有些用力過度的，例如：動用了劇、夢、現實三個空間來鋪陳一個小人物的心靈世界，彼此糾結、印證還加上「後設」；演員的表現也很拚命，令人動容，讓我看到這個老牌娛樂團隊多年來累積的一股「氣」：除了八卦話題、機智幽默的言談，我們還擁有其他好多本事……而整部電影的風格則讓我想起提姆．波頓和他的夥伴……

自從去年出版《迷宮書店》之後，滿腦子都是提姆．波頓和強尼．戴普的影子。因為我總忍不住去想：一個孤僻的青年在詭異的書店展開他在世界名著裡的奇遇與冒險，沒有鬧鐘提醒就回不到現實世界；這麼怪誕而充滿文青氣息的故事，如果讓一個拍過《剪刀手愛德華》、《大智若魚》、《怪奇孤兒院》的導演把它變成一部既療癒又救贖的魔幻電影，該多麼有趣！

我們都曾是電影青年。剛上大學的時候，比我更年輕的韓良露曾包下西門町的「台映試映室」，放了整整一個暑假的經典電影作品。我雖然缺席了一半，可能也至少看過三、四十部以上。從柏格曼、大衛連、庫柏力克、楚浮到伍迪．艾倫……那樣的心靈盛宴，可能也是迄今我所知道規模最大的

「電影青年迎新會」了。

在還沒有錄影帶的年代，我們也曾大費周章的用海報紙把窗戶糊起來，在淡水友人的住所放映一些暗地流傳的電影。還有一次，W帶著剛沖洗出來的超8膠卷到我的書房，花了幾天，剪接出我們第一支詩的MV，並在不久之後的，快四十年前的詩歌節播放。

電影是文創產業最核心也最富象徵的一環，它以複雜繁瑣的程序，整合各式人才與資源，透過聲光、影像的編織，為觀眾創造出最接近現實世界的官能體驗，也因此成為最迷人、最有效的說故事方式，令人深陷其中，無法自拔；在電影院裡，許多時候，你會覺得燈亮得太早、場散得太快，因為你的思緒還來不及從電影情節裡抽回來，因為潮濕的眼眶來不及風乾……

電影對人類生活的影響越來越大，但是只從票房或影視網的收視來看，還不能理解我真正的感受——細心觀察人們在日常生活中所進行的種種「電影替代」活動，你會發現，不知不覺中，我們的生活、我們的文明都在快速地電影化。在過去，電影模仿現實、模仿生活，無論是內容、演技、影像還是聲音，維妙維肖是首要美學要求，如同柏拉圖「模仿說」的完美示範。曾幾何時，我們如今目擊的，是生活處處在模仿電影：我們的觀念與思想被電影啟發、我們的言談舉止被劇中角色引導、我們嚮往的生活方式來自電影印象、我們的節奏感被影視媒體和電玩制約（以至於有時靜不下來吃頓飯、看本書）；此外，電影典故取代歷史成為論證與修辭的依據，電影場景成為年輕一代的精神原鄉……似乎只要是發生在腦袋裡，虛與實，正漸漸失去意義上的差別。

隨著技術的改善與應用的擴散，電影的魔力一定還會增加。原因是，我們的現實生活永遠無法滿足我們的渴望，只有想像力可以超越一切。而電影賦予想像力「現實形式」（或「現實感」），讓這些人造夢境廁身並點綴著我們平凡、多憂的現實生活。

美好的閱讀

最近幾次探索創作歷程的場合，我追溯了在閱讀的不同階段裡，幾次記憶猶新的感動經驗。自己也重溫了閱讀的美好。

我忍不住想：在生活中，還有什麼比閱讀更有益、更划算的嗜好？只要你願意付出一些時間，某個智者畢生思索的結晶、某個學者以淵博知識、獨特觀點陳述的史實、某個科學團隊以天文數字的預算鑽研出來的新知、某個小說家嘔心瀝血、極力杜撰的虛構世界、某個旅行家出生入死，甚至斷了腿甚至終生受苦於瘧疾所換得的珍貴體驗……這一切，你都可以用一本書的代價輕鬆獲取，而這些東西有一天可能成為我們心靈的重要成分……

從小到大，我在閱讀中所獲得的驚奇與感動不勝枚舉。

在書裡書外不分的啟蒙時代，我常常一不留神就會掉進書中的世界。那是還不懂得保持「審美距離」的「神入」與「投射」，也是書的魔法最能蠱惑我們的時辰，以致我的童年記憶裡會多出一些來路不明的情節。

我還記得小學二年級暑假讀到一則故事：一個小朋友離家出走，在冒險的旅途中認識了三個好朋友：麵包人、棉花人及蠟燭人。他們一路上相互扶持，建立了深厚的友誼。但是，這三個好朋友在護送小朋友回家的過程中，一一捨命犧牲了……因為《國語日報》這篇連載，那個暑假我陷入了失去三個好朋友的震撼。

此後的閱讀與創作中，我試圖尋找或複製類似的感覺：一本書或小說，被讀完時，讀者會依戀、流連，不想離開那本書所描述的人物、世界或生活。

進入青春期的易感年代，我對文字的閱讀更加熱切。雖然我仍不清楚自己要什麼，但是幾乎所有文學作品都能引發我的悸動與共鳴；特別是古典詩詞，至今我仍驚嘆於那些簡短、神奇的字句，把整個文明最巔峰的成就輝煌畢現；李白的〈蜀道難〉、〈將進酒〉，白居易的〈長恨歌〉、〈琵琶行〉，蘇軾的〈水調歌頭〉、〈念奴嬌〉，是何等精采的文化氛圍塑造出這樣精采的人，揮筆寫就前無古人後無來者的詩篇？

還有雙李詞。那些長短句中深刻、坦率的憂思與愁緒和千年後的亞熱帶少年如此相通，讓你的苦悶、孤獨得到支持、紓解；字裡行間無可比擬的柔情蜜意，更向騷動不安的年輕讀者展現：多愁善感的人如何細膩、委婉地和內心深處的「陰性」相處。

唐詩宋詞和各式「苦悶象徵」的當代作品，燃起我對文學無法冷卻的熱情。於是，我的閱讀進入第三個階段：有意識的、主動去尋找想要的啟發與感動。那時我印象最深的，是到周夢蝶的詩攤尋寶、請長輩大費周章幫我帶回英法對照的《波特萊爾詩選》、到未焚毀前的道藩圖書館翻遍從古至今所有西方畫家、藝匠的畫冊、定期造訪漢中街的幼獅書店，站著把剛出爐的威爾杜蘭《世界文明史》一本一本看完。

《世界文明史》是一邊翻譯、一邊分批出版的。當我讀完「希臘卷」時，很長一段時間，我會覺得自己的前世是希臘人，整天徜徉愛琴海邊的列柱與廢墟間；當我讀完「埃及卷」時，又覺得自己前世是埃及人，試圖用象形文字來寫詩。還有印度、巴比倫、中世紀文明……就這樣，我有了許多心靈原鄉，對各大文明不再有陌生之感。

但是時間最長的，應該是第四階段的專業閱讀期。這時，文學或閱讀已是我編輯工作最主要的內容了！嚴格說來，這時的閱讀有些退化，因為感動與啟發已不再是我閱讀的主要動機；效率與功用漸漸成為主要考量。即使如此，閱讀還是帶給我許多的樂趣與助益。

但是，這種幸福、豐盛之感有時很難傳達，只能安靜地打開一本喜歡的書，專心讀它。

詩史中讀詩

《藕神》和《舉杯向天笑》分別是余光中近十年來的詩選和評論選，出版於八十壽誕前夕的此際，多了一份儀式上的意義。

和許多人一樣，余光中一直是我最推崇的當代詩人之一。即使多年來在詩風與詩想上他參與過一些爭議，性格與信念上和某些人也有些緊張的關係，客觀來說，他的分量、貢獻與影響力都是他那一輩華文作家的第一人，也是華文詩壇最重要的啟蒙者。特別是他對中國文化的熟習與深情，聯古今、貫中外，展現了傳統詩與現代詩的相容性（洛夫相反，是以嶙厲的意象和勇敢的想像向我們展現了現代詩與傳統詩的差異性），為讀者進入現代文學開闢出最平易、典雅的途徑。

我個人也受他影響頗深，尤其是青春期時一本「蓮的聯想」讓我流連忘返、神遊太虛，那年整個暑假都覺得南海路植物園的荷花池和漢唐美神、天上宮闕有著神秘、深遠的聯繫；《望鄉的牧神》更是當代華文RHAPSODY經典，是繼徐志摩之後大量豐富華文詞彙與表達的散文傑作；即使是我共鳴較少的搖滾時期作品，都能以另一種形式感動，鼓舞著更多的人。

詩集《藕神》基本上可以被視為余式詩風的回顧或總複習，在早年作品中穩定出現的各種元素，例如：無所不詩的主題，文白交融、剛柔相濟的語法，節奏分明、舒緩有致的格律，出人意表的聯想、層出不窮的靈視與機智，在這本選集裡都沒有漏掉。

一如以往的作品，本書的風格與多元的主題繼續呼應著他深植於生活的創作理念，寫人、寫物、寫生活、寫自己，緊扣現實，詩觀與生活觀翕然一同，或更進一步說，早就是一節走動的文學史的老詩人，到了這個階段，文學與生活中間已沒什麼分際。所以文學邀約過多可以入詩《低速公路》，SARS、921和512可以入詩，燕窩、稀飯、看牙、「不上網」和杜十三風波也都引發了詩興。

也許因為六十年詩藝爐火純青，他行文之間也較不忌鬆散或散文化，優游自得，隨心所欲。在這當中，你一方面還是不時可以看見難度4.0的漂亮體操動作，像〈讀夜〉、〈雪岬上空的捲雲〉，或充滿童心與創意的〈漏網之魚〉、〈雀斑美人〉，或知感皆厚實的〈天葬〉、〈再登中山陵〉，一方面也會包容一些人情世故、應酬贈答的「現實功能」之作，畢竟，老詩人已無須向我們掩飾任何真實與雜質。

對於他以及他們那一輩的詩壇老兵，我一直深藏著極深的感情，混雜著感激與疼惜，像對我的父親。這些如今已是飽經風霜的蒼老容顏，也都曾年輕過、夢想過、浪漫過，並在最貧瘠、刻苦的年代，無視於個人的困境與社會的輕忽，全力投入新詩的探索與創作中，以半個世紀的時間累積出驚人的文學資產，把台灣打造成全球華人的詩壇重鎮，如今現代詩這個文類已修成正果，而余光中正是這群開拓者的代表人物。

但是，和許多人不一樣的是，在推崇余光中的同時，我對詩文學的想像在起步之後，似乎就和他的漸行漸遠。

這樣的分岐，主要的關鍵之一在於語法。因為語法是詩作者人格特質最重要的表達；語法再現著詩人的表情、思索或心理歷程，它形塑也預設了讀者的特質，進而挑選著各自的讀者。

余光中是當代華人最具清晰的語法意識的詩人，不論在詩作或評論中，都再三表現對他所理解的道地中文語法的堅持，對西化語法的警覺（但不如梁實秋嚴重），他辛勤經營著意識的中心地帶，以豐盛的詞彙為知性與感性的共相謳歌，而較少探索意識的邊陲地帶，較少為靈魂的殊相命名。那是一種帶著格律的美感，對仗的均衡，短句的流暢與複沓的氣勢的言說風格，典雅卻堅定、華麗卻近人（這使得他最不經意的散文作品，都讓百分之九十九的散文名家相形之下更像敝帚自珍的庸脂俗粉）。

但是，真的所有複雜的情感與思想，都能被裝入節奏明確、工整簡潔的文字形式裡嗎？詩真的容不下一點思想、情感或態度上的拖泥帶水或自我懷疑嗎？余式語法的自信與雄辯，與相對於任何艱難的探索或表達都顯得遊刃有餘的自若，也許就在這兒疏離了我。

不過，想到你背對的巨人和他的追隨者仍與你共享著文學理想與對中文美感的追求，你似乎就能更安心地走得更遠。

二〇一五十大好書總評

今年文學類十大好書的決審工作非常具有挑戰性：一方面書寫的主題與形式更為多樣，對文藝美學的理念也更為分歧；另一方面，之前多種文學獎項的公布讓有些入圍作品顯得較具優勢；因此評審委員的基本情境，是面對一些太可預測的作者與作品，甚至太可預測的結果，如何提出一份令人耳目一新的名單。

評審希望抗拒這種可預測性，如果有新的好手或者是新的可能，我相信評審會毫不猶豫地去擁抱那新的可能。但是最後結果，終究得回歸作品的基本面。

是的，我們談論的正是這幾年深深攫住讀者的眼光，幾乎囊括所有文學獎項的中生代小說家，例如：郭強生、吳明益、甘耀明、陳雪等，其中吳明益已五次進入年度十大好書。今年他們毫無例外的，再次以精采可讀的新作入圍。

也許是對這些創作者的熟悉與期許，有評審提醒：是否有些作品太刻意於書寫策略，或過度重複特定主題？他們是否超越了過去的自己？這樣的提醒引起了一波激烈的討論，在接下來幾乎多達十數次的反覆投票中，作品們這一輪被支持，下一輪被放棄，幾輪之後又敗部復活，充分反映出評審們的堅持與猶豫。

甘耀明那部有如台灣版《阿甘正傳》的《邦查女孩》，展現出龐大的企圖與書寫的力氣，率先獲得評審共識；然後郭強生細膩、深刻而憂傷的家族史《何不認真來悲傷》、吳明益收放自如、寫實又炫技的《單車失竊記》也殺出重圍。

資深作家的作品相對矜持、安靜得多。他們通常堅持語法的講究、節奏舒緩、鋪陳細膩，像雷驤和黃翰荻，都有著強烈個人風格與詩意，需要再三品讀。最後則由王定國殘缺無奈的愛情故事《敵人的櫻花》，以簡單又具親和力的主題和可讀性勝出。評審也推薦散文集《旅行與讀書》，因為除了淵博的知識、豐富的閱歷外，詹宏志還是個說故事的高手，總能帶給讀者極大的閱讀樂趣。

曾獲台積電文學獎的連明偉，嚴格說來還是個新人。但是他的《番茄街游擊戰》大膽脫離傳統主題，直探在菲律賓異域共生共存的各色族群，擴大了此間讀者的視野，帶領跨越所謂「台灣人的心理疆界」，獲得評審的肯定。

今年入圍的大陸作家，除了《中國在梁庄》外，並沒有常見的大部頭作品。比較特殊的是引起廣大關注與爭議的女詩人余秀華的詩集《搖搖晃晃的人間》，在一開始就獲得兩位女性評審的共鳴，並給予堅定的支持。余秀華的語言樸素直白，雖然身體、學歷和工作均屬弱勢，仍能以強健的心智在困頓的真實生活中，累積出特有的女性視野與動人的警語，使她在今年相對較多的詩集中脫穎而出。

翻譯作品的情形相反，相對於中文創作的「沒有選擇」，它是「太多選擇」；以至於經典級作家如果戈里、托馬．斯曼、米蘭．昆德拉、卡爾維諾等紛紛落榜。主要的理由是：有些作品也許重要，可補文獻或教科書之需，但是離二十一世紀此刻的閱讀氛圍已有些「隔」；有些作家則過了創作顛峰期，再無法超越前此作品的動人與優異。

最後，評審傾向於那些更有新意，或對當代讀者更有啟發的作品：匈牙利最孚眾望的小說家納道詩．彼得的《平行故事之暗啞地帶》，企圖顛覆嚴肅小說的傳統布局，帶給我們一種更為華麗怪誕的閱讀體驗；總是以冷靜、犀利眼光目擊社會與自我的美國作家強納森．法蘭岑的散文《如何獨處》，以精準的文筆、睿智的洞察，透過生活周遭的線索剖析時代與社會；西班牙重要作家胡立歐．亞馬薩雷斯的《黃雨》，以充滿詩意的意識流手法，書寫庇里牛斯山區一座荒廢小村人與地方漸漸毀壞的過程。這當中只有傳奇性的美國小說家兼劇作家道爾頓．杜倫波是一九七六年就去世的，但是他這本震撼力極強的《強尼上戰場》非常富啟發性。作者透過一個傷兵的獨白，一步步揭露了他受重傷的慘狀、他的覺悟以及對「表達」的渴望。戲劇化呈現了作者對戰爭的深刻思考以及反對的立場、嘲諷了政客煽動戰爭的偽善與荒謬，也苦口婆心提醒我們戰爭的凶殘。

今年十大好書的評審讓我警覺到一些值得關注的現象：目前台灣，如果不是文學獎項太多，就是好的作品太少；如果不是好的作品太少，就是評選委員的同質性太高——或是文學獎項的個性、獨特性太低，沒有意識到要在態度或創作美學上和其他獎項做區隔。另外，以每週為單位挑選一書，到年終再做總評，會忽略掉出版社出書或出好書的變率其實很大。建議最好每月再做一次名單的增補，年終也做一次，就更不會有遺珠之憾。

星星是有益健康的

《星際效應》是一部很好看的好萊塢電影，值得坐在4D影院專心看三個小時，或更久。它傳達的是人類面對大尺度時空時的敬畏與雄心，佐以永遠是萬靈丹的親情或愛情。但是最主要的賣點，則是透過緊貼科學知識的想像，和更精熟的電腦動畫，來虛擬人類在大尺度時空——甚至是超時空旅行的可能體驗。

原先對許多人來說有如天書的「相對論」，以及後愛因斯坦的許多勇敢理論，如：黑洞、蟲洞都成為可以感知、可以目擊的天文現場。就此言，克里斯多福・諾蘭這部電影有如科普的史詩。

在現實生活裡，我們驗證一個科學假設，要衡量技術上、經驗上及理論上三個層面的可能性，才能走出嚴謹的一步；在電影中，導演透過他豐富的想像力與影像的完成度，就把原先十分抽象的科學假設，賦予了現實感，布置成華麗且頗具說服力的人性舞台。尤其是片中反覆吟誦著名詩人迪倫·湯瑪斯的詩作〈別溫馴走進那安息之夜〉（Do not go gentle into that good night），充沛的節奏、結實的詩行，悲壯地歌詠人性對時間與宿命的頑抗，顯得更加浩瀚動人。

很明顯的，這部片子透露的根本信念，是面對「永恆」與「遙遠」，人類可以無止境的冒險精神和無限進化的科技能力來克服；不過就我而言，至少是此刻，人類面對浩瀚宇宙後的真相，擁有的只是單薄的信仰、必然的自欺，以及永無休止的好奇而已。

值美國刪減太空研究預算、減緩宇宙探測步伐的時刻，《星際效應》應該頗有鼓舞美國社會的效果吧？但是我被觸動的思維，比這複雜混亂得多……

人類為什麼要去研究星空？我想，最初，在沒有電燈之前的漫長時代，夜空大概是人類最熟悉，也是最大的觀察對象吧？對於這麼龐大的對象，總不會沒有好奇或一些認識吧？或者，這麼一個高高在上、非人間的景觀，會不會蘊藏什麼特別的知識，而離真理更近？

漸漸的，關於天空，各式各樣的功能被開發出來：曆法、航海、氣象預測或命運觀測……到了現當代，爭奪軍事戰略的制高點，以及投送、偵測、遙控科技的附加價值，可能才是許多國家爭先從事太空探測的動能吧？

但是我相信，大部分望著天空冥想或發呆的人，其實動機單純很多：壯觀懾人的美景、無法饜足的好奇、開闊脫塵的渴望，還有難以言喻的時空鄉愁，就足以讓他們駐足於曠野，騁神思於物外了！

所謂時空鄉愁，是指面對無邊無界的空間與時間，人類意識到自身知識、肉體與心智上的渺小，產生了無常與脆弱之感，渴望向比自身規模與位階更高的存在靠近，向萬事萬物最早先的巨大淵源回歸的孺慕情懷吧。

我猶記得，年輕時和友人跋涉於還沒有濱海公路的嶙峋海岸，去露宿鼻頭角，然後看一整晚星星。那段記憶成為往後我大量書寫星星的靈感來源。往後，在沙漠布置的荒涼中仰望星空、在海洋巨大的水體上傾聽眾星喧譁，那種天啟呼之欲出，對真理卻不得其門而入的天人交感，實在令人難以忘懷。你霎時明白，白晝時，透過對大氣層的著色，陽光其實一直阻擋著人類對宇宙更深更廣的視野，太陽才是最大的光害。因此太陽熄燈的這幾個小時的夜晚，往往是洩露天機的時候。

但是我們也正慢慢把夜晚壓縮、逼走，用城市、用五光十色的夜生活：鬧市裡的光害，讓我們許久不曾以肉眼接觸夜空，而在室內，電視螢幕和手機螢幕的光害妖嬈閃爍，更使我們目光如豆、大腦如豆，更無暇去領略宇宙現場的絕美與玄機。偶爾抬頭看看吧！星星是有益健康的。

只有海可以療癒

和夏曼．藍波安聊天是一件很有趣的事。

他來自小島蘭嶼，但是跟他聊天時，你會覺得世界特別開闊。也許是因為談來談去都是海的話題，也許是他的言談裡，那些人為的，或所謂文明造成的區別或框框特別少，而像洋流、季風、星空、潮汐或各式魚群這些詩般的語言，則建構了他特有的迷人世界。

他造獨木舟，也常航海，「在大海中，有時候你想洗澡，就放眼觀察，找一個快要下雨的雲層航行過去。」這是他告訴我的。

在達悟族的風俗裡，每個人是以他第一個小孩來命名的，夏曼．藍波安的意思就是藍波安的父親。對這樣的習俗，你一開始會有點困惑；直到自己有了小孩，你就發覺到，很多場合，例如校園或以小孩為主的圈圈裡，你就是這樣被稱呼的。因為在一個相對較小、較封閉、緊密的社區裡，我們需要的不是一個生疏的名字，而是聽者可以直接了解的身分吧？

直到現在，從台灣往返於那個四千多人的社區，還受著氣候與海象嚴重的制約，但看似孤立的蘭嶼居民可是和那遍及地球腰帶，長度超過一萬公里海域的海洋民族，共享著航海基因、信仰、傳說和語言的。

我最喜歡夏曼・藍波安聊起在南太平洋諸島流浪的故事，由於操著近似的語言，他在那些最陌生的地方，仍可以透過數數字，或對某些事物的特定稱呼，迅速和當地人建立起親切、相知的交情，好像在串門子一樣。

從最近剛出版，厚厚的《大海浮夢》一書，你還會發現，這個曾為一群衰老白人擦澡打工的人類學碩士，對全球漁業的觀察也非常廣博深刻，並擁有第一線討海人才有的直覺、感受與同情。在他的陳述裡，由台灣主導、兩岸討海人辛苦維繫的遠洋捕魚業傳奇，充滿由國際政治、生態、科技與人性交織而成的衝突、矛盾與無奈。

和夏曼．藍波安聊天，你可以增加很多知識，間雜許多文化衝擊的笑話。這些機智的對白，往往是來自那些我們無從得知的幸福與辛酸，來自一個弱勢族群和強勢文明遭遇時必然的傷害與抵抗。所以他略帶嘲弄回憶著漢人怕海，不會游泳的窘態時，我跟著大笑；當他談及常有的飢餓經驗，並歸結出人類往往是被飢餓驅趕到海上時，我會凜然傾聽。

飽經閱歷而慧黠的夏曼．藍波安，有許多獨到的見解和迷人的表達能力。他常常現身在各種有關海洋文化的國際會議場合——事實是，他比我認識的許多人都來得國際化。和他相比，我們那些民代與媒體才真是「番」到不行。

他當然也非常達悟，有時是自我肯定或真情流露，有時是為了凸顯各種沙文主義、自族中心主義的荒謬。他的作品呈現很深的焦慮和使命感，似乎拚命想把他的記憶、傳承和部族裡各式歌謠鉅細靡遺地記錄下來。我偶爾也會跟他說，漢人不見得總在掠奪食物鏈的頂端，在近代史上也飽受侵略與傷害。而且漢人對宗教和文化的包容是其他民族少有的。

那時，我們就這樣慵懶地抬槓著，靠坐在一艘四十六呎的帆船上，沿著海岸，從宜蘭向花蓮航行，在徐徐的暖風中，犀利的船體像一把水果刀，穩穩地劃開太平洋藍色的大果凍。

台灣的領海是它土地面積的兩倍，但是我們對它的認識好像就只是海鮮的來源。站在陸地上看海，似乎只有一成不變的海平線；從海洋看陸地，你會不停移動，不停驚喜，最重要的，你會體悟到海才是最地球的東西。

而海洋民族的悲傷，只有海可以療癒。

到天空騎單車去

好奇嗎？打開GOOGLE地圖網，搜尋美國，搜尋威斯康辛，在靠近大湖的小湖邊，你會找到奧許卡許（Oshkosh）。然後你點衛星圖片，放大，再放大，靠近，再靠近，然後，你將看到一個地表上的奇觀：無數的，密密麻麻排列著的各式飛機，填滿了這座中西部小城南半邊的草地……

七月底，冒著大太陽在密西根湖畔奔波，就是為了到奧許卡許參觀全世界最大、最富盛名的航空展。而回到台北之後，接連好幾天，那被激起的飛揚心思仍一直無法降落……

奧許卡許航空展不同於其他航空展。它基本上是EAA（美國實驗飛機協會）為全世界的飛行迷規劃的，歷史已超過六十年。雖然也有規模龐大的商展、高性能飛機展示、令人屏息的特技飛行，但是它最迷人、最珍貴的景觀，則是不遠千里而來的人——還有他們飛過來的，甚至自行拼裝的，各式各樣的小飛機。

我近三十年前在UW-Madison念書時，曾開車到此匆匆瞻仰過這個神奇動人的盛會；這次更待了一個多禮拜，來見證一萬多架飛機升起整座湖濱小城，各式活動繽紛於五十萬飛行迷眼底的嘉年華。

今年的航空展，讓我覺得離飛行之夢更近的主要原因，是日益精進、日益風行的輕航機項目。

對多數國人而言，還十分陌生，有點像不法之徒或化外之民的「輕航機」，被美國航空總署FAA正式立為管理驗證並發展項目已經十年。其他國家，包括台灣，也許對於它的定義與定位始終含混、不一（LSA、Ultralight、Microlight……），但也紛紛跟進、承認並制定管理規範。這顯示輕航機的功能、意義與巨大的可能性已被先進社會所認知——雖然，它開始風行的時間要早得多；以台灣而言，在全盛時期號稱有六十座輕航機場，沉寂過一段時間後又開始復甦，目前約有二十座合法或非法機場。

我覺得輕航機興盛最重要的意義是：它讓這些精巧迷人的飛行機器，從軍事和交通專業壟斷的領域拓展到更為普及的、個人的運動領域；並重新獲得了研創飛機早年那些帶著冒險、浪漫與夢想的元素，而成為生活態度的象徵：某種生活時尚，或某種被憧憬嚮往的次文化。在網路上幾乎你遇到的重度參與者，都多少渲染著這樣的中古騎士般的風采，或賦予自己瀟灑浪漫的稱號。

輕航機對於航空事業最大的貢獻則在於：它降低了這個領域的參與門檻，從而大量增加了參與的產業與民眾；不論是生產與飛行技術上的門檻、規範與管理上的門檻、資金或消費上的門檻。它提升，同時也改變了我們對航空、對飛機角色與功能上的認知，就像這些年某些專業領域——如：數位科技、醫美、媒體或社會參與門檻的大解放一樣。

我個人更重視輕航機的一些特質。由於它的飛行高度與速度比較接近自然界的生物體能，所以我們比較不需要太多的輔助設施：通常靠一根操縱桿或三角翼的橫桿，就可以迎風翱翔；不需要壓力艙，甚至機艙、機罩；靠目視，所以也不需要複雜導航。

它也喚起我們對二十世紀初葉樸素機械文明的懷舊情懷，大部分設計都簡單平易，刻意減少對複雜科技的依賴，暗含重返大自然最原初的美學。

在飛行的體驗上，輕航機很接近單車或摩托車，只是進行在三度空間，擁有難以言喻的身心自由。變幻無窮的形式與形體，好像物種演化的早期，各式昆蟲、飛禽還在測試自己的空氣動力結構，每一架飛行器都展現出航空迷對於飛行豐富的想像力，都可以是羽翼的替身或人類心智的雕塑品……

我在天空的時間不多，但每當粗略的發動機呼嘯而過，我就會被激起浮誇的興奮之情……而每種狂野的想像與實現，最終也都得回到滿眼碧茵的青青草地。

人妖共處的世界

新北投是一個風景優美的地方。林木蒼鬱，略帶懷舊氣息的新北投公園是整個景觀的核心，把周圍的溫泉景區都串了起來，形成一個更大更生活化的公園。

這個公園最近因為神奇寶貝的狂潮上了國際媒體。而不上媒體的其他時間，則繼續吸引著各地蜂擁而來的抓寶客、馴獸師，川流不息於巷弄、街道或廣場、水湄、綠地。由於在此出現的口袋怪獸有些十分稀有、搶手，出現時間又短，往往在搜索雷達發現時，只剩不到五分鐘的時間，所以大批尋寶者爭先恐後、奔赴怪獸出沒現場的場面，就數見不鮮了。

南寮漁港的珍奇異獸更多，雖然僻處新竹海濱，到此蹲點抓寶的人潮完全不遜於新北投。有些料想不到的地方，像天母運動公園、新莊運動公園、八里、中和也不時歡聚著緊張獵獸的人潮。

不帶小朋友去湊熱鬧的時候，我們偶爾也會盯著手機看；因為手機像個照妖鏡，隨時向你呈現落單於人類社會裡的數位精靈。當一隻伊布或小拉達現身在手機螢幕裡，柔弱、勇猛或驚恐地意圖抵抗你，有時你倒想跟牠說說話或維持再具體一點的關係呢。

但奠基於年輕世代共同記憶的寶可夢奇遇，終究還只是一種電動遊戲，它的基本樂趣仍在於競爭、收集、累積點數與設定的成果。

它特別觸動我的，倒是由於AR技術的應用，彷彿在肉眼看不見的世界裡，增加了一些可以用數位工具接觸的超現實存在。牠們奇形怪狀、充滿想像力，並富於和人類互動的屬性，未來，藉由大數據和人工智慧的活用，也許我們都可以擁有一些更有個性的、客製化的神奇寶貝呢。

想想看，這樣子虛實互動、科技和人性緊密結合、虛擬出來的準社會關係，像不像一個「人妖共處」的世界呢？

「妖」在《辭海》裡指異於常物而害人者，在《說文解字》泛指自然界反常、反正道的現象。但是民間對妖的想像豐富有趣得多，也常常和鬼神被混為一談。我的理解是，鬼神的淵源主要是人，死後的人；妖則由自然界生靈異化、修煉而來。不論其出處為何，妖都屬非人類的「擬人化」（反之，人類的非人化，我們也常稱之為妖）。

妖精於變化，位階通常不高、威脅通常不大（常有弱點），有時候傷人，有時也為人所傷。大自然裡的萬事萬物都可能變成妖，人類對其中較特殊、神祕者投射予自身的特質、願望與恐懼。在較受壓抑的傳統中國社會裡，文人還透過對妖的想像，創造出一些遠比現實世界精采的物種，他們往往也是情慾與願望的出口，具有人類所沒有的優點和自由。

人類在妖怪世界探險最偉大的作品應該就是《西遊記》了！而遠在《魔戒》之前許久許久，《封神榜》的故事就已經生動描繪人妖神魔共處的社會了！最厲害的超自然小說家應該是蒲松齡，最動人、最刻骨銘心的模範妖精應該就是白娘娘了！

人類對妖的想像與對自然界生物的態度是一致的，早年仍是以戒備、驅除等負面態度為主。隨著人類的能力與自信的大增，我們對各界生物都更加文明、友善；對妖，或妖精、妖怪的想像似乎也得益於生態環保意識呢！

妖怪故事或童話從小就伴隨我們長大，骨子裡也許我們都希望世界不是單一由科學法則來統治。但要實現一個人妖共處的夢想世界，終究要依賴科技的煉金術。

【寫作與思索】

寫作與科技

——聯合報「相對論」主題之1

我是這樣想問題的：

我們所談的科技是指什麼？

如果它泛指源於新的知識、技術或材料產生的新用品、新工具，那麼「科技」可能只是相對的概念；也就是說，我們所習慣的種種舊的方式與工具，例如鋼筆、打字機，都曾經是新科技。

新科技被接納，甚至流行，通常是它的方便性以及新的功能廣受認同、肯定；新科技會成為我們此刻關心與討論的議題，則是因為它往往也連帶產生了新的生活經驗、工作方式，甚至新的生活態度或價值觀……

面對一個新生事物或改變，文化人的立場有時是相當矛盾的。一方面他長期浸淫於固有文化與價值觀的教養與薰陶，通常也積累出相當成就，甚至內化為天性、本能，使得他對熟悉的事物（例如手工的美感），充滿感情或依戀；加上個性鮮明、思考獨立，也使他較疏離於一般群眾一窩蜂或趕流行式的行徑；一方面他敏感於新知識、新價值的動向，使他有時又會率先投入新的時代，並熱誠啟迪眾人、引領大家來跟隨。

面對科技，我的態度也常常如此擺盪著。

但我喜歡擺盪，擺盪給我辯證的能量。

由於三顆水瓶座所埋下的好奇心讓我有時很難抗拒新生事物的誘惑，我曾經買下不少好看、離奇但沒用或不會用的科技產品，例如早先的G-Book，那時我根本不會Quark軟體，只能拿它看照片或作簡單的輸入；買了很複雜的咖啡機，但幾乎不會洗沖泡頭；買遙控飛機，但幾乎不會操作；無論如何，我非常喜歡電腦輸入，它讓一首短詩都可能修改幾十次的我，可以輕鬆應付大部頭的創作。

不過，談及網路，那麼它的意義與影響，就不只是好奇的對象了！網路是現今衝擊我們生活最大的科技，未來，「數位匯流」再加上「穿戴式」3C的生物化、時尚化，基本上我們每個地球人都會像資訊的變形金剛一樣，運用著遠超過肉體所賦予我們的新官能，感知無界、操控無界了！

這當中暗藏著一件我有點擔心的事：作為感受主體的人類，由於感知量的劇增，造成質變，那麼原先我所預設的讀者就會漸漸消失，因為我們共鳴的基礎：經驗、態度、心理、價值觀都動搖了！代溝成為具體可觸的現實，每個作者的作品吸引不了下一、二代的人，遑論流傳久遠了！主體快速改變，幾代之後，也就會造成某種人性或人類性的改變了！

主體如何改變呢？最基本的狀況就是刺激的效用遞減。諸如以前讓人夢魂牽縈的美感衝擊、或其他各式心智衝擊都會變弱，對事物的珍惜或感動不易產生（十九世紀下半葉現代文學與藝術的興起也有類似背景）；各式意見與資訊也會相互抵消價值與影響；我們的耐性、注意力變差（當電視新聞必須透過分割畫面、兩旁或底下的跑馬燈同時向你傳達多項資訊……），ADHD將成為我們的文明病；當我們可以輕易發表意見、輕易串聯同志，即時行動去黨同伐異，重回部落社會，我們的世界觀、生活態度、對自己的自信與期待也都不同。

我非常喜歡在網路中沒有目的的漫遊，有時在谷歌地圖中開飛機翱翔，更有一種擁抱地球的歸屬感，但我很難積極參與社群，有時不經意看到許多不重要或不相干的心得或瑣事表達，就有一種讀「螞蟻米倉搬大米」的故事的感覺：牠搬了一粒、牠又搬了一粒……

社群媒體為什麼會有瑣碎到令人透不過氣的感覺，我覺得是我們把生活上用後即棄的寒暄、感想或社交表態文字化了、把表達形式的位階提高了；更可能是你讀到的大部分東西本來就不是給你看，或專門給你看的。我曾經自己弄了臉書，卻被失控的訊息嚇得很久沒有上去，最近才找了助手幫忙整理、經營。

但是我必須說，除了偶爾沉迷於電動遊戲，高科技對我個人是沒什麼不良影響。

文學是否該介入政治？
——聯合報「相對論」主題之2

許多人問過我這樣的問題。

我的說法是，我覺得文學本身沒有該不該介入政治的問題。它只是一個書寫、表達、論述或表現的工具，至於作為作者的你，要拿它來做什麼是你的選擇。

文學本質的討論是實然問題，作品應不應該如何是價值判斷，是應然問題。文學、藝術創作上的價值判斷，和倫理或法律上的價值判斷有著根本上的不同，它呈現主觀的差異性，沒有普遍的強制性。

任何人在文學藝術上的主張都不能強加於人，你不能強迫別人去寫（去看）你想要的作品、主張這個道德或那個價值的作品、介入政治或不介入政治的作品。在這個範疇裡，你的主張只能靠自己的創作或理論去實踐或推動，就像其他作者也在用創作或理論來表達他們的信念一樣。

你當然可以批評。說：「為什麼你的理髮店沒有我要的耕耘機？為什麼你表達困惑跟猶豫的作品裡沒有我要的憤怒跟傷心？」但你仍無權也無法阻止他照自己的想法寫作。

至於政治，本身就十分複雜，在不同國家、社會與文化裡，也有極為不同的意義。在有些地方，政治是你死我活的鬥爭，是國族認同、宗教信仰的角力；有些地方，是生存發展、人道人權、大是大非的議題；有些成熟的民主社會裡，政治已上軌道，也有許多管道來表達、行使個人意見，政治在人民生活中的強度和影響力相對小很多。而抱持新馬觀點的論者，覺得人類在日常生活中的言談舉止，多少帶有政治意涵，或無一不可用政治概念解釋。

我當然也有自己的政治態度，也感慨於我們的公共論壇水平總是只能討論兩位數以下的加減法，甚至認為此時此刻我們應該更關心政治、提高政治素養，不宜只是潔癖地標榜對政治的疏離、無力與無知；但通常我會選擇其他方式去表達、參與。一方面，我在文學創作中有太多的探索還沒有完成，還來不及拿它來談論政治，除非跟人性或文化有關係；一方面，在創作初始，我在營造自我的「作者想像」時，就賦與它較為疏離、易感或更具自我意識、深度內省的定位與特質；我相信我所預設的讀者（我的「讀者想像」？）在我的作品中所期待的，無論是那種主題，往往也是一種更具個性、更為人性、超越褊狹政治現實的觀點。

我作為讀者的更多時候，常被政治書寫中某些關乎人性的深刻思維所感動，像米蘭．昆德拉、漢娜．鄂蘭或勒卡雷很好看的間諜小說；也常被某些過度簡化、過度亢奮的藝文作品，弄得頭皮發麻、不知所措。

當代華人的政治環境太複雜了，我們是一個受過傷的民族，許多時刻，我們談論政治不是為了客觀的是非，而是尋求看似客觀的表態——對於我們過去的光榮與委屈你夠不夠自豪、夠不夠同情，總是在字裡行間一再被檢視，一再被期待。我一直認為「客觀心智」是國民現代化的重要指標，但是我所目擊的，是一個非常「自族中心」的社會，難以對話，難以就事論事或討論敏感議題的社會。

在文學創作中，我最珍惜的是自由自在的書寫；最警覺的是，為了精確表現與傳達，你必須堅持誠實——不是為了道德而誠實，而是為了自我意識、為了不自欺而誠實。一旦介入政治主題，你就得籌備好你談論政治的正當性，籌備好某種「自己人」的身分或證據；在文學創作上，我沒有意願去成為任何人或任何團體的「自己人」，因為它會剝奪我在文字間逍遙優游的許多樂趣。

即使如此，有些人，包括我自己，還是會在我的作品中找到政治關懷的蛛絲馬跡。最多最多，我只能說：在我的創作過程中，政治始終不是我的主要動機。

文化的強勢與弱勢
——聯合報「相對論」主題之3

最近在台北詩歌節，和著名敘利亞裔阿拉伯詩人阿多尼斯有過幾次對話。其中一次我就問了他：「你常住法國巴黎，又精通法語，為什麼一直都是用阿拉伯文創作？」當時，我真的同時想到了我們最近在談的這個話題。

談到文化的強勢與弱勢，還有什麼比阿拉伯文化跟歐洲文化對比更懸殊，又如此近距離、密集而悲涼的接觸？

老詩人回答：

「語言的選擇，不只看它的方不方便、普不普及，還包括跟你的心靈接不接近，或其他考量。一個人只會有一種自己的語言，就像一個人只會有一個母親。放眼世界，有些作品也許廣被翻譯、閱讀但仍沒有價值；有些作品讀的人很少，卻可能十分珍貴……」

這是一個詩人動人的宣示。但我們在此談的，不只是個人抉擇。更確切的說，是探索當代中文跟西方文化的強、弱勢關係。

強勢、弱勢當然也是相對的概念。相對於大多數國家的語言或方言，中文還不算弱勢，因此相對強勢指的大概就是英文了；同樣的，某種「自願性」也模糊了強弱勢的主觀認定；世界上許多人更因習以為常，而不曾省察自身文化與西方文化的強弱勢差異，只有文化意識或主體性較強的人，對於某種不平等、某種刻板印象或宿命忿忿不平。

胡晴舫所說：被「自我對象化」而不自知、喪失自信而過度重視西方觀點與作品、被動去接受、消費西方文化產品以致無法自主創新等現象，在薩依德遲來的《東方主義》之後許久猶如此普遍，的確令人感慨！但是情勢正慢慢改善，如果不可能改善，我們的討論就無意義了！

我的看法是，以英文為主的西方文明定義了現代化，定義了文明、定義了國際間行為準則，甚至也定義了美好生活的要素——尤其是最為主觀、最具文化差異性的「美」，以至於其他人種的許多年輕人得多花一筆錢去隆鼻、削臉、增高、割雙眼皮、美白甚至曬黑！遑論各式時尚名牌與種種生活方式引領著忠誠的跟隨與效仿。

西方價值主宰全球，雖然歷史不算很長，此刻看來已不可逆轉。當中有一些屬於客觀的優勢與普世價值，也有許多帶著強權的霸道、意志與迷思。但是文明是透過積累、辯證、演化、創新而來，「不可逆轉」並不意味著其他文明就會永遠靠邊站，而是說，你無法取消重來，只能從現狀加以超越、改善。從歷史來看，不去管較優事物的根源或出處，努力吸收、承接、轉化、超前，並為自己的人民創造出令人欽羡的福祉，是取得地位與話語權的不二法門。

談及中文在當代世界文明的地位以及話語權，我們可以觀察它的普及性、必要性或影響力。

一種語言能否普及，先看它的基本特質。例如：和學習者使用的語言是否相通？是否方便、容易學習？但是超越基本面而更顯重要的，是看它負載的知識量、看它在生活中的必要性。為何學科學或哲學的人通常還要學德文？為何搞文學藝術的人通常須要懂法文？而不論求學、經商、旅遊、了解現代世界，大家都覺得英文最方便？甚至，為何現在學中文的人也越來越多？

一個語言的必要性，跟這個國家的國力、文化力或影響力大有關係。英文有現在難以挑戰的地位，是幾百年來使用英文的兩個強權在國力、文化力、影響力的發揮與必然結果。

中文的優勢是它的基本使用人口遠超過其他語言，也負載過無數古老智慧、實用科技與優美文化。如今，中文使用者的整體實力急遽上升，行動力遍及全球，再來就看國家的執政者能否制定更好的遊戲規則，讓人民變得更精采、優秀、自由，因為我的根本信念是：有精采的人民才有精采的文化。

中文文學有無普世價值？

——聯合報「相對論」主題之4

我對這個問題的理解是：中文文學，特別是當代文學，有無被其他國家讀者閱讀的價值。

我會從兩個方面來思考這個問題，一是：什麼是普世價值？一是：中文創作者有否寫出值得被別人閱讀的作品。

到底有沒有普世價值？晚近中國大陸的觀點，是以不同的社會文化各有其特殊性，來抗拒西方強行推銷的普世價值。思維頗像更早時曾以階級性來否定普遍人性。

基本上我是相信有普世價值的。但是這個概念含混、複雜，在詮釋與實踐上充滿爭議；尤其有些強權意圖把自身利益或價值與普世價值強行等同，壟斷了這個字眼的意義與能量。即使如此，我們也不能否定普世價值的存在。

人類確實會不分宗教、種族共同去追求某些相似的東西，為了夢想，為了美好的生活。在追求的過程中，也漸漸匯聚出一些共識與價值來。這些被渴望的東西也許來自原始慾求，也許來自生存經驗，或是社會成熟後種種願望的學習與昇華。

我先前提到，當代西方世界定義了現代、定義了文明，這同時也定義了美好生活的判準，這些事實也賦予他們定義普世價值的優越地位。

但西方社會對普世價值的詮釋未臻完善，無能也無權壟斷，作為一個非西方的創作者，我們可以貢獻的領域絕對十分遼闊，例如：在人道、自由、民主、創新與發揮自我等價值上，西方的文學、藝術、商業作品中已有大量的書寫與論述；但是和平、平等、安全感、節用資源或身心和諧……許多被更多人追求、渴望的價值還沒被充分探究、彰顯、肯定，而這些價值有些甚至和其他價值矛盾、衝突或有著辯證關係的。

我喜歡戲稱西方資本主義、個人主義等相關文化有如人類文明的睪酮素

（罣酾素文明），以積極、主動和強烈動機極大化著人類的潛能，並擴展生存領域。那麼，我們自身的文明體驗又可以帶給人類什麼呢？

以我目前的觀察，華人，至少台灣主要作家，在作品的態度與腔調上和國際社會的普世價值是相符的，但是在主題或關心的面向顯得窄小，頗有自顧不暇的窘迫。別人為什麼要讀我們的作品？除了好奇心之外，我們閱讀一本書，還預期看到更多新的知識與資訊、新的態度與觀點、新的議題與解決，或比我們更豐富的知性感性體驗、更好的生活方式、更有想像力的表達……

這些部分，我想，目前我們是不如別人的，如果文學作品看不出這樣的落差，看看電影、音樂、藝術、建築方面的表現與影響力，這個落差就十分明顯。

我曾幾次擔任「開卷」版年度十大好書的決審，有個鮮明印象：除了純文學創作外，每年入選的翻譯作品，他們的創作品質、他們的知識深度、廣度、專業度、他們的閱讀價值，都比當代華文作品來得高，以至於有時我們還得考慮中文作品的保障名額。

對此我的理解是：當代中文創作者對文學的想像較為褊狹，基本上把它視為態度或人生觀的表達、感性與修辭的場域；對廣闊複雜的生活、知識與思想較少熱情或好奇，有的話也往往不小心淪為意識形態或信念的工具。

不同的社會對作者的制約也很大，也就是說，有怎樣的讀者就會鼓勵、生產出怎樣的作者。由於我們寫作都不免有預設的讀者，他們的期待、好惡與理解能力往往決定了我們的書寫環境，特別是「媚俗」基因較強、重視同質性、缺乏客觀心智又充滿表態壓力的東方社會。

我認為在文學寫作上，原創性有著極高的價值，但是這個原創不是漫無目的的想像，或虛張聲勢的噱頭，而是率先去發現某些事實、某些美感經驗、某些值得懷疑或反省的對象、某些解釋或看法，或者說，領先議題。但是這些都有賴於一個跑得更快、更前面的社會對我們的督促與期待，華文創作者要跨越社會進程的鴻溝，去領先議題，挑戰當然較為艱鉅。

離地與落地
——聯合報「相對論」主題之5

離地與落地，是一種隱喻，藉由搭乘飛機旅行的意象，去表達一個作者脫離或參與現實生活的精神狀態。因此我會被這個題目引導去思索的，是關於這兩種相對立的心境在不同作者，或者在我的創作歷程中，占有怎樣的比例，是否達成平衡。

「離地」讓我直覺聯想到流浪與疏離。離開，出國旅行，和為寫作而進入某種特定的心境，對我而言，相似的地方就是，它們都算是某種疏離。但是我覺得出國旅行的意義和可能性寬廣得多，「離地」更接近心理上的指涉。

疏離是指精神上的異化，對於一個你熟悉或習慣的對象、事件與場域，失去持續關注、參與或投入的意願與能力，你沒有辦法進入狀況，無法共鳴，總是自外於某種共同情緒與行動。

疏離可以是短暫的，也可以持續很久，成為態度，或成為病徵。如同莒哈絲「一個作者就是一個異邦」的說法，我從很早就習慣於自己與別人或群體之間的某些差異，並在創作過程中漸漸視之為探索、表現自我的契機。其實這些差異相當微小、十分主觀，並無明顯外在依據，只是一個易感、好幻想、自我意識較強的少年，在建構自我的過程中自然的心理反應和些許的戲劇化。

我相信同一時期也有很多人會這樣。差別在於，這些因為自我意識、因為個性或一時困難的人際關係而產生的格格不入之感，我們卻在文學閱讀與創作中得到豐富的暗示、啟發與支持，而有了自我強化或永續經營的基礎。因此，疏離，也是一種主動的自我邊緣化。

疏離也可以是某種心智的客觀化，把我從「我」或「我們」裡頭拉出來，再回頭觀察「我們」或「我」，像是一種關不掉、不受自己控制的思想，或所謂「靈魂出竅」。在文字的探索與琢磨過程中，不時地進行這樣的演練，也是我在創作中特有的樂趣。

另外很多時候，疏離是「不認同」的下意識表達，基於態度或清明意識，人們總會面對一些無聊或不以為然的情境，但它還沒有大到需要逃避或公然反對，這時你就降低自己的存在狀態，變成「出席的缺席者」，這種方式溫和，但頗頑強。阿多尼斯還有個類似的比方，他說，當你住在自己的國家，在日常生活卻需要透過外國的種種資訊跟養分來滿足心靈，這也是一種流亡。

異邦人或者流亡者都跟疏離有著神祕的血親，他們原本代表者某種劣勢或困難的位置，但是在各式創作當中，卻能產生很多正面的能量。我曾經在給友人的序文當中，提到「邊緣性」在創作中弔詭的優勢：遠離主流、背對中央，也等於是面向外在世界、鬆脫束縛，你將因為身處文化差異的現場，而更加清楚自己，更能了解別人，你將注射更多異質元素於體內，而擁有更靈活豐盛的心智。

我談那麼多疏離，因為它在我的創作中起了很大的作用。而且我認為，離地就是暫時的疏離。

至於旅行，是實踐離地較完整的途徑。但我們的友人似乎把旅行的意義想得太小。旅行不只是書本知識的掠取或應驗，還有許多不可替代的意義：出發、到達、離開自己固定的位置和角色，去體驗空間、體驗距離。那是更為繁複的「心靈新陳代謝」工程，更是一種對話，而非古墓之旅而已。

落地，則讓我聯想到太空人回到地球，它意味著回到現實，回到熟悉的地方，回到生活慣性；和熟人打招呼、討論共同的話題、分享共同的情緒。可能也包括看電視。但是我已經多年不看電視了。現階段的我，離地的時間越來越多，只有和朋友、家人相處的時候，才有清楚的落地的感覺。

不過，我也一直在想，為什麼我會有預感：關於「落地」一定會談得較少？是因為作為文字工作者，我們離地經驗豐富而落地經驗無甚可觀、乏善可陳？還是自始至終，我們兩個人的「相對論」，從它疏闊的主題、它的觀點，到氛圍與言談方式，正是一次不折不扣的「離地」？

案：從〈寫作與科技〉到〈離地與落地〉是我應邀和作家胡晴舫在聯合報「相對論」筆談的五個主題。略做修改後收集於本書。

讀字族假說

文字是人類最古老的傳播媒介。

我愛極了這個簡單的事實。

由於它的古老、原始，它的粗略、不完全、不確定以及不好使用，在漫長的歷史中，文字因此也倒過來造就著有能力來書寫它、閱讀它、使用它的人。

相對於文字，視聽或影像媒體則進步、準確、有效得多。它們複製、傳達各種事物與事件發生的現場，透過視聽官能，有時不須翻譯、理解、摹想，就能直達人心、震撼人心。但是它們實在太直接、有效了，大部分時候，人們並不須經過繁複的心智程序就能了解它，因此，也就不需太多的教育、訓練與心智準備。有時連幼童、文盲都能從容應付。

文字的閱讀過程麻煩許多，首先，我們要去認得相當數量的詞彙，探索並掌握它們所有可能的字義，然後確定他們在文本中的用法，順著這個方向，再去發掘所有可能的指涉、暗示或聯想，追溯過去的出處、用法、典故，然後再藉由當下的脈絡來理解、判斷、定位、感受、創造更多衍生的意義。

閱讀文字、使用文字其實是頗為複雜的動作，難怪千百年來，會被等同為文明本身；而受限於教育資源，使用文字的能力也一直無法被普遍分享。

關於我以上的想法，用簡單的方式說，就是：

文字是粗糙、原始而不好了解和使用的，需要較有訓練和經驗的人才能充分掌握它，從而磨練出許多有能力的讀者。現代化的視聽媒體等於再現媒體化之前的對象或訊息本身，表達遠為近似與完整，較不依賴主動又有能力的讀者，因此它的閱聽人不需受相當訓練。

我對文字閱讀的第二個想法是：文字和許多傳播媒介都是靠符號來負載

訊息，但是它們的符號等級或純度並不一樣。也就是說，文字是真正的符號，它和它所代表的真實事物之間幾乎沒有相似性或關聯性，主要是靠著約定俗成的作用，把符碼與符指連結起來，因此我們讀到這些符號時，還要透過自身的經驗與想像，把它翻譯回原來的意涵。

在這類的閱讀當中，有太多的過程是在我們的大腦裡完成，並受到我們的經驗、意志與理解力的影響與扭曲。所以，「讀者創造意義」或「誤讀」幾乎都是閱讀行為中不可避免也不可消除的元素。

相較之下，視聽媒介（除非是文學性電影）和它所傳達的訊息之間通常有較明顯的相似性，有時甚至是事物現場的複製或局部複製，人們在閱讀它們時，需要靠想像來翻譯的情形較少，主觀元素可以參與的空間也較小。

但是，主觀與創意在許多時候反而是完美閱讀不可或缺的元素。所以，以上的第二個想法，如果用簡單的句子來說，可能顯得既詩意又弔詭：

「傳達力越精確的媒體越無法進行完美的傳達。

表達不那麼確定、完整的文學作品往往可以創造完美的閱讀體驗。」

因為人類深層溝通的最後一個部分，是在讀者自己的想像力中完成的。如果媒體的表達太完整，就沒有足夠的空間與彈性讓讀者的願望與想像力容身。作為一個資深的詩創作者，我對這看似弔詭的說法，一直有極深刻的體悟。

我曾多次列舉的例子，是徐四金的《香水》原著與電影的比較、《小王子》的文本與其他演出形式的比較，或就直接比較金庸筆下的趙敏和不同電影中的趙敏。在電影中找到再美的人物、表現再厲害的武功，也比不上我們的腦袋透過文字的線索，依照個人的主觀審美喜好、潛意識的慾念所模糊勾勒出來的景象（意象）來得更完美、更深得己心。

文字作為一種和符指較少本質上關聯的符號，本身擁有著自己並不知曉的任意性，甚至「任性」。這種不受本體論法則制約的符號，對抽象概念的象徵與創造幾乎沒有任何限制，人類文明史上主要的宗教與玄學思想，絕大部分幾乎是脫離地球現狀，只在文字中進行。

「在離地球一百萬光年的地方
我看見我遙遠的背影」

文字的「任性」也讓弔詭（Paradox）的表現成為可能，讓兩種極端的心智活動得以運作：詩與哲學。所有生活與事物都在兩者之間。

此外，文字比任何媒介更接近我們思考的語言（因為我們是用語言思考的），擁有無可比擬的「後設」位置，文字報導、談論、反省文字和其他所有媒體。「後設」相對於對象產生，擁有思索與言談的主體能量。如果你要反駁我，也一定要用到文字。

也許，有一天，世界上閱讀文字、嫻熟於文字的人口會大量減少——由於在人類生活中，廣義的休閒娛樂需求將遠遠超過對知識與溝通的原材料的需求。但是，文字的功能與地位永遠不會被替代，懂得熟練使用它的人們將繼續主宰地球。

只是許多偉大的作品將永遠石沉大海。

書緣二三事

剛到陌地生（Madison）的時候，最吸引我的事之一，便是在圖書館或書店你可以發現到許多有趣的書。雖然它們大部分以較令人吃力的英文寫成，但並不會減損我一堆一堆地把它們買回家或借回家的興致。其中最讓我印象深刻的，是一本二手的、埃及象形文和英文對照的《死者之書》。它是前大英博物館埃及敘利亞文物部主任華利斯·伯吉出版於一八九五年的奇妙著作，七十年後再由多佛出版社於一九六七年重印。

《死者之書》出自古代埃及人為喪葬祈禱儀式所編成的紙草書，大約完成在西元前十五世紀。歐洲人發現象形文字時，一開始也是一籌莫展，但是法國學者商博良透過各種不同古文字的比對，把它們給解讀了出來，從此人們便得以閱讀這誕生於四千多年前的文字了。而這本多佛版的《死者之書》就像是一本用來學習象形文字的課本。

整整一個禮拜，我透過英文所寫的象形文語法，「tua Ra Xeft-f em Xut」重複著它可能的發音，因為這些象形文字許多是用來表音的。但是真正讓我著迷的，仍是那些眼睛、禽鳥、甲蟲、器具、跪坐的神祇以及各式組合的圖像、符號。它們千年不變、栩栩如生，好像剛從石棺、列柱、古墓壁畫遷移出來，猶帶著那召喚眾神與亡靈的魔幻力量。

當《死者之書》失去新鮮感，我又搬回封面帶著比爾斯雷風格、好像疊著的三塊磚頭的《追憶似水年華》英文版。但一連幾天捨不得拆封閱讀。

我在高中時，藉由新潮文庫的《馬爾泰手記》迷上里爾克那脆弱、易感又精緻的靈魂。接著是《給奧菲的商籟》、《杜英諾悲歌》、《和亞丁談里爾克》。但整體而言，《馬爾泰手記》中對於童年記憶，以及醒夢不分的意識邊緣裡種種心智內容的精確掌握與表達，真正和我當時的心靈搭上了線。

在努力索讀並創作這種混雜著意識流、象徵主義、私密意象與極端自我陷溺的文學風格的同時，我模糊學習到普魯斯特與這些元素的淵源。但一直無緣讀到他的原作。

多年以後，在中西部小城這間因為開學而忙亂不堪的校園書店，我看到了和《馬克思選集》、《韋伯選集》一起落地堆疊著的《追憶似水年華》，便不假思索地抱了一套到櫃檯結帳，好像贖回失散多年的友人一樣。那感覺也頗似我第一次獲贈英法文對照的《波特萊爾詩選》時，興奮莫名如意外獲得武林祕笈。

只是獲得祕笈是一回事，認真練功是另一回事；斷斷續續讀了一百多頁後，我把這部厚達兩千多頁的祕笈慎重合起，供奉在書架最顯著的位置上。直到中譯版推出，我才把這七卷巨著全數讀完。

在美術、建築甚至不要有太多數學運算的科普書裡，我也常常和一些奇特的書籍有過不只是閱讀的相處經驗。對我而言，有些書的意義不僅在於它有趣的言談，睿智的觀點或豐富的知識，它的實體存在本身也很重要，是我在規劃理想書房或煉金密室時的必要元素與重要場景。它們同時是一種象徵，提供給一個對各種知識充滿好奇與熱情的浮誇靈魂，一種與知識、與世界共處一室，與歷史、與人類演化同步並進的願景或假象。

十一號公路

鹽寮漁港很容易找到，它就在十一號公路路旁派出所後面。那個派出所有著古怪的外型，聳立著一座高高的塔樓，最上頭還頂著一個像鴿舍的閣樓。

不過真正古怪的當然是漁港本身了！其實也沒有什麼漁港——因為又稱為「欖樹腳漁港」的這個船澳，十幾年來都不曾完工。在第一、第二期有如尤涅思科劇場的建港工程之後，那些不知天高地厚的海堤嚴重切割了海流、干擾了砂石的沉積作用，幾乎徹底改變了這一帶海岸的面貌，接著而來的颱風更把整個船澳摧毀了。

像被大自然重重打了一個耳光，這個曾經被精心規劃、樂觀期待的所在，如今只剩下半傾的碼頭，和從太平洋海底翻起的石礫。

這些石礫密布在數百公尺的海灘上，從大到小，平均地向外排列，直到洶湧的浪緣。其中最靠近停車場這頭的卵石，幾乎已淹沒眼前三座涼亭的大半，只留下半掀的尖斜屋頂和低矮得像桌腳的圓柱，創造出難以言喻的「浩劫後」超現實景觀。這樣的景觀可能比不遠處色彩繽紛的海洋公園更具創意與奇想，讓我不禁以為會在此發現鯨魚的骸骨，或從大洋彼岸漂來的自由女神巨像。

往海邊走過去則是越來越小的石礫。急躁的海浪沖刷它們時，感覺像在淘米，隱隱會聽見潮濕的小石礫隨海浪退下時發出愉快的共鳴。的確，此刻這座被廢棄的灘頭，反而帶給人們更大的樂趣。整整半個下午，我和同行的大夥兒在此埋頭撿石頭：大理石、玉石、鵝卵石以及各式看起來被高溫鍛造、變質過的火成岩或兒子說的「隕石」。

我們撿了滿滿一袋的石頭，臨上車前又全部倒回去了！

十一號公路就緊緊貼著台灣地圖上最東邊的那條線，慵懶地引領著心不在為的外來車輛緩緩向前。一路往北，還有景觀更好的濱海公園、愈來愈密的民宿或新建工地、一座建築、設計和主人都十分特別的廟宇，以及遠近馳名的休閒度假中心。

看見沿路上正在大興土木的成排民宿，其實還是讓人有點擔心：它們的量體、規模、施工品質、審美觀、環保意識和經營理念既不可預測，也無從糾正、管理。所以這片有望成為濱海花園綠帶的海岸，其實蒙著不確定的陰影。

但我終究只是一個路過的旅者，前面幾棟凌亂、陳舊甚至帶著一點點維多利亞式復古風情的大木屋，已及時吸引了我的注意。而頗負盛名的龍蝦餐廳就在附近。

我們便造訪了下坡路的盡頭，擁有第一線海景的那家餐廳。

雖然已經過了用餐的時間，這家略具規模的海產店還是人聲鼎沸、高朋滿座，興奮的孩童四處遊走，穿梭於點菜的客人和上菜的服務生之間，或睜大眼睛，站在各式生猛海鮮面前。我們則把握地利之便，貪婪搜索著窗外一百八十度的海景。不知是氣候、地型還是錯置的消波塊的關係，我一直覺得此地的風浪特別強勁，它們無休止地迸裂出雪白、巨大的浪花，相對的使得在室內用餐的人顯得輕鬆、安適，令人油然升起虛幻的幸福之感。

起初，我對十一號公路一無所知。我們的花蓮之行往往就圍繞著天祥、太魯閣和花蓮市區，然後才發展到中央山脈和海岸山脈之間的縱谷。當地的友人，除了海濱隱者和龍蝦店，對於海岸山脈外頭那窄窄的地方並不常提及。二〇〇一年我接著前輩作家黃春明到東華大學當了一年駐校作家，才有機會認識這未曾預期，卻又如此貼近心靈的海岸風光。

十一號公路不短，在花蓮市南方從九號公路分岔出來後，又在市郊一座過時的造紙廠前東轉花蓮大橋，然後向南沿著海岸一路通往台東。

經年累月被太平洋浪潮沖刷的花東海岸，當然少不了秀麗與壯闊的風景。不過花蓮溪出海口以南的這一段路，和蘇花公路有著顯著的差別。由於道路平直、交通流量較小，少了大卡車近身奔馳的緊張之感，背靠的腹地或山巒也比較舒緩、寬敞，沒有峭壁斷崖的森然桀厲之氣，在鹽寮這一帶的公路倘佯，真讓人倍覺悠然自得。而道路兩旁的坡地也多了一份私屬庭園的安逸，不只是民宿業者，我看，任誰都想沿著海邊佈置一排排圍著白色欄杆的花圃。

不過，巴奈聽了大笑：「那是你們台北人的想法，我們當地人都曉得海邊是颱風登陸的地方。」

巴奈是道地的當地人，遠來飯店後面有一大片土地就是他們的祖墳。她曾帶我到鯉魚潭附近去看撤回花蓮、辛苦經營的「原舞者舞團」，倨立河灣、有著漂亮老樹的銅門國小，以及打鐵鋪裡的太魯閣族老人。

老人迄今仍用傳統工藝打造著各式傳統佩刀。佩刀依舊鋒利，但引我仔細端詳的，則是刀鞘上那浮誇的造型與繁縟的裝飾，它們顯現出有如孔雀開屏般，從前當地男子努力裝扮男子漢氣概的、素樸的審美趣味。

巴奈還帶著我們走嶺頂公路，沿著海岸山脈北端的稜線，去張望兩側的大海和河谷。我們經過了群犬吠叫的農莊，到達一間緊鄰著雷達站的民宿，在特別墊高的陽台上喝下午茶。遺世獨立的民宿就坐落在一個削平的小山丘上，極目四眺，展望良好，應該是星星每夜都會來聚集的地方。

嶺頂公路就是遠來飯店後面的那條，在彼，鳥瞰縱谷平原的視野比看海更合適，我們可以清楚地看見花蓮溪和木瓜溪的交會地帶寬闊、裸露的荒溪型河床、筆直的道路、隱藏在拼貼綠地上的東華大學、農場、房舍和縱谷對面的山巒。

這條蜿蜒的山路遊人很少，對我這種貪看風景的「淡季旅者」卻有另闢谿徑的樂趣，因為山腳下的十一號公路，沿線沒有什麼分岔出來的道路向陸地延伸，無法蘊藏更多探索與想像；除了海洋公園附近，也沒有其他道路可以讓我們往山頂攀登，到不同海拔的山麓，去尋找不同的風景。因此短短的嶺頂公路便豐富了我們尋幽訪勝的途徑。

在枝葉繁茂的稜線上兜風，有時我的視野會被遮蔽，但是想到海景就在野草雜樹之後不遠的地方，就會忍不住心思飛揚。

如果要從嶺頂公路原路下山回海邊，就必須和過了花蓮大橋的十一號公路相接，再以賽車術語所謂的「髮夾彎」急急繞過海岸山脈的起點。然後你將在瞬間領略：從視野被遮蔽的內陸剛瞥見汪洋大海時，那種掙脫靈魂束縛的興奮之感。你會覺得，這樣一個心曠神怡的轉彎，你似乎期待過，甚至預見過。

這樣一直走下去，就會和剛從龍蝦餐廳出來，心情卻還沒準備回花蓮市的我相錯而過。

十一號公路獨享著太平洋遼闊的風光，也有貼山近海又宜人的親和力，在地形上卻有一種特別的孤立之感：我們常常把中央山脈以東的地方視為後山，每當太平洋上的熱帶氣旋成型，迤邐西來，中央山脈便成為台灣西半部抵擋颱風的堤防。

這時候花東地區就像堤防外的地方，沒有什麼屏障。但是，對花東地區而言，海岸山脈也是一道堤防。

這樣的話，就只有海岸山脈外的十一號公路是在堤防之外的堤防之外了！在堤防之外的堤防之外，面對深不可測、喜怒無常的太平洋，卻有了莫名的歸屬感，這大概是人的浪漫與土地的靜默相遇時，美麗的錯覺吧！

穿越德累克海峽

有些在陸地上會想的事，在海上是不會想的。而在海上我曾經想了些什麼？在陸地上幾乎已想不起來了。我依稀記得的，是作為某演化物種之個體的我，裹著防寒防水夾克，謹慎倚著船舷，面對翻騰湧動的海面——以及其下深達三、四公里的黑暗水體時，那種難以言喻的敬畏與迷惑。

對我而言，被兩千噸「莫坦諾夫斯基教授號」輕輕劃開表皮的洶湧水域，意味著冰凍、窒息、死亡或無以遁逃的永恆噩夢。但它卻同時是這一帶海洋生物最活躍的樂園：大量的浮游生物、磷蝦、海膽、海星，還有快樂悠游、甚至一路尾隨我們的鯨群。

我們的祖先都來自海洋。是什麼樣的進化或異化過程，讓我們如此疏遠、畏懼海洋？只能望著嬉遊的鯨豚或浮冰上的海豹興嘆？

其實，在每個人身上密布的六萬哩血管裡還循環著六公升的海洋，溶解並勤奮地輸送著氧。那也許是從單細胞時代開始，我們就一點一滴儲藏起來的鄉愁。

天氣不好的時候，海的存在就特別鮮明。陰鬱騷動的雲層、冰冽潮濕的海風、跨距驚人的浪濤以種種顛簸和不快提醒你：你在海上。在德累克海峽。在「令人尖叫的南緯六十度」海面。

天氣不好的海洋，和度假島嶼邊緣的海洋，是截然不同的世界與象徵。從南極地區回來後，我所帶回來的文字意象是這樣的：

「溼氣、霧氣和雨水中濃濃的低溫
像稀釋的海
浮在深不可及的深藍之上

使得我和群魚有著更接近的視野
和低彩度的心情……」

這樣的海景，讓我在想像英國海權時代有了更準確、具體的布景。透過阿姆斯特丹、法蘭德斯和新英格蘭地區的畫作，以及倫敦港外格林威治的雨天，我累積出一個鮮明的印象：北方的海洋有一種堅定、沉鬱的個性；不像透明、安逸、翡翠色的熱帶淺海，北方，或靠近極地地方的海洋，是深色的、深不可測的。

然而，是北方民族的性格引導了我對高緯度海洋的想像，還是這險惡、陰鬱的海景塑造了北方民族的性格？維京人、荷蘭人、英國人、蘇格蘭人、挪威人，圍著這片水域的民族，似乎分享著較多的共同點：意志力、冒險犯難、積極靈活、紀律與條理，他們長久以來就和這不可捉摸的液態空間密切相處，履險如夷，好像在進化的過程中，儲存了更多海洋的記憶。

起先，他們並不知道他們優游穿梭的這腥鹹的空間，其實占了地球表面百分之七十的面積。當他們知道後，他們——加上在美洲、澳洲的後裔，輕而易舉地占據了人類文明所有主要動線。

現代，各種海洋運輸與活動中，整套文化與規範幾乎都來自他們的需求、記憶和理想藍圖；在空中的一切則複製著海洋的一切。

其中讓我十分好奇的，是牽涉到與各式「高貴」言行有關的神祕規範——種種粗魯、敗壞的行為與海盜文化如何成為高度自我要求的優美品行？為什麼最潔淨、優雅的生活準則發生在亡命之徒的生活場景？也許觀察德累克的事跡，我們就可以領略到「野蠻」與「啟蒙」化合成「高貴」的辯證過程。

德累克一生的經歷，伴隨著英國的崛起與英、西海權的交替，剛好就是一個十分戲劇性的轉折點：前期，在伊莉莎白一世默許下，專門打劫西班牙船隊，然後和女王陛下就地分贓；後期，在國家危急存亡之秋，領兵殺入敵陣，大破西班牙無敵艦隊，成為民族英雄。最後，德累克有了他的功名利祿，也有了以他命名的近一千公里寬的海峽。

卑下如何變高貴？野蠻如何變文明？一方面，在國家利益的光環下，所有殘暴、非法的行為可就地修成正果；另一方面，雄性的掠奪本性被懷柔、馴養在造作的理念之中，有了優雅的發洩形式——去爭奪高貴的價值或象徵——就像中古時代那些文盲騎士被宗教情操或優美淑女所支使一樣。當黑暗時代遠去，陸地重返文明，黑暗的海洋就是另一個延續封建制度的蠻荒，等待更高尚、堂皇的價值的救贖與感召。

一個文明的不毛之地或不毛之人，對於一個優勢理念往往缺乏質疑的知識基礎，但是卻充滿去實踐的能量。相形之下，古老、世故的文明社會已無法全心全意相信與奉行任何崇高理念了。

三百年後，達爾文搭乘「小獵犬號」繞過南美洲最南端的火地島，前往他宿命中的島嶼，去成就他的「進化論」。他所穿過的水道如今命名「小獵犬號水道」。

又過了一百多年，我來到烏許懷亞，從那冰河環繞的港灣出發，沿著「小獵犬號水道」穿越德累克海峽。我將前往南極。而那在數百年前就已孕育、磨練出多個海洋民族、無數海洋騎士和他們高貴的冒險故事的，海，依舊澎湃著和當初一樣的野性。

我還是充滿敬畏與困惑。

【附錄】

巫師與女巫的國度

——從香港看台灣的軟實力[1]

壹、前言

自二〇〇八年馬總統就任後，兩岸關係迅速解凍，而受兩岸關係制約的台港關係迅速隨之熱絡。這現象在台灣較不易察覺，在香港則十分明顯；民間更是在短期內從各個面向迸發出對台灣的善意與好奇。觀光客訪台人數遽增即為顯著的例子，從以往每年三、四十萬躍升為去年的八十萬，今年還可

1 本文原為二〇一一年七月總統府月會專題報告的刪修版。

能突破一百萬，這在一個七百萬人口的城市所占比例之高，全球獨一無二，也充份展現香港人對台灣的好感。

不只如此，台灣近年來在香港媒體上也呈現出較以往更為正面的形象。許多時候，台灣方面的所作所為，在當地媒體上往往還成為港府施政的對照組，它們不是藉由台灣的某些成就來對比港府力有未逮之處，就是凸顯台灣某些前瞻性作為來驅策當局有所作為。

這樣的轉變，我覺得另個重要原因是香港已邁入一個前所未有的轉型期：對外，由於東亞的全面興起，香港作為亞洲典範與代表的地位弱化了；由於大陸全面開放，香港作為進入中國門戶的地位改變了；由於兩岸三通，香港作為中華經濟樞紐、兩岸代理人的角色也不見了。對內，則是分配的不正義擴大了貧富差距，加深了階級裂痕；年輕世代對現狀不滿、對政治改革熱切追求，加劇了社會的騷動，更挑戰著港府執政的正當性。這種種現象都降低了港人的自信，意識到自身的不足，使他們更願意向外尋求啟發，特別是部分文化和政治作為都走在前頭的，同文同種的台灣。

特別是年輕人——無論是香港在地青年或是大陸來港就讀學生，對台灣諸多事務十分好奇也甚具好感。在大學校園或光華文化中心的活動中與他們接觸，可以發現：只要是去過台灣的年輕學生都相當喜歡台灣，甚至共同培養出對台灣長期的研究與關懷；還沒去過的則躍躍欲試、頗為憧憬。這種正面觀感在庶民之間亦然：商店店員及計程車司機，在知道我們來自台灣後，經常會主動交談，態度親切，頻誇台灣濃郁的人情味，流露出對台灣的喜愛。

這樣的善意也會顯現在各式政治人物裡。有些政府部門會就垃圾減量、社區營造、年輕世代及文化創意產業等議題前往台灣考察，或尋找建議與資料。此外，民意代表、藝文團體與環保團體都會主動就不同議題尋求資訊與諮詢。

壹、旅客眼中的台灣

香港社會對台灣的印象——或是從一般香港友人的觀點來看，台灣吸引人的地方，主要包括：

＊價廉物美

這是他們在台灣旅行及消費時親眼所見的事實。香港雖然經濟繁榮，國民平均所得很高，但貧富懸殊，近年來房價、物價飛漲，使得一般市井小民在生活中倍感壓力，而不論哪個階級，哪種消費，對所謂CP值都極為敏感。

以旅行來講，許多香港人早先可能是以日本、泰國、菲律賓等亞洲國家為主要目的地；近年來由於這些國家天災、人禍頻仍，便轉往方便、安全又便宜的台灣。而原本出於權宜或價格取向的選擇，在體驗到台灣的美食文化、自然環境、友善社會及輕鬆自在的生活步調後，發覺此間的生活品質並不遜於香港，幸福感卻明顯超出，其驚豔與肯定也就不在話下了。

＊文化豐富

在華人世界裡，台灣的傳統文化、精緻文化、生活文化都是走在前列的，有許多著名文化場所與活動都是海外或香港文青口耳相傳的必遊之地。例如徹夜不打烊的敦南誠品書店，很受白領階級與學生的推崇，據說有些年輕人甚至會在那兒消磨掉抵台的第一個夜晚；雲門舞集、華山藝文中心是香港知名的台灣文化品牌；許多文化人亦為港人耳熟能詳——不談流行音樂界那些閃亮的明星，李敖、龍應台、李安、蔣勳、陳文茜、羅大佑、幾米等人，其知名度、影響力及分量並不遜於大陸重要作家；台灣出版品仍是香港中文書店的重點商品；大學裡頭始終活躍著來自台灣的學者、專家。香港人也很關注台灣的文化活動，華山藝文中心的「簡單生活節」，每年都有數千名港客專程參加；墾丁春吶與福隆海洋音樂祭也吸引為數不少香江青年；「南村落」去年開始為香港的大學生導覽「康青龍」生活街區，體驗台北市的生活美學與慢活文化；甚至有些現代劇團的全島行腳中，也有香港文青的身影。

*食物美味

香港美食世界知名，競爭激烈，素質甚高，也不免受地域及殖民歷史影響；台灣也有類似背景，但更為多元，尤其是大江南北精采、豐盛的口味及細膩、道地的東瀛料理更為勝出；不過，在品牌經營及國際化上就相形見絀，所以成功登陸香港的台灣餐廳一直不多、知名度也不高。但經過近年來頻繁交往，挑嘴的港客很快領略到台灣美食兼容並蓄、新舊共存、東西薈萃、種類繁多；特別是夜市和各色創意小吃極受歡迎，美食家也多次組團來台。現在，在香港當地，珍珠奶茶、牛肉麵、大雞排能見度愈來愈高。

＊自然風景

在兩個板塊的擠壓之下，相對極端的地形、地貌戲劇化地造就了台灣的好山好水。近在咫尺的大自然隨時提供人類各式身心靈體驗，這是世界上少有的珍貴資產。越是先進社會的遊客，越是懂得珍惜並享受島上二百六十八座三千公尺以上的高山、綿延壯闊的海岸、茂密的森林與無所不在的溪流與湖泊。除了著名景點之外，香港年輕人已逛遍淡水、九份、墾丁，去過海邊、海灘的很多，泡溫泉、住民宿、騎單車也很普遍。

＊人情溫暖

親切、禮貌、友善、熱情已是台灣社會美麗的招牌，也是一件被訪客普遍肯定的事實。前一陣子香港上演了一齣舞台劇《聖荷西殺人事件》，劇中對於兩岸及各地華人的習性和特質有著極為生動的表現，其中一位戲分頗重的台灣人角色，他被突出的特點就是戴眼鏡、台灣腔國語、感性、忠厚、重視人文價值、講話文謅謅到不行，是繼台商之後，華人社會對台灣人新的刻板印象。

＊政治民主

兩岸緊張時，台灣的民主似乎就是立院打架或荒腔走板的問政風格。現在，普選或民主深化已是香港的主要民意，台灣的民主經驗便成為當地政治活動重要的參考和啟發了；不但議員從台灣學習問政技巧或抗爭手段，執政團隊一些主管與顧問亦常來參訪、考察各種建設與政策，例如節能減廢、文創產業發展、社區營造、科學園區規劃等，年輕人也主動研習政治參與、社會運動。

去年台灣五都選舉期間，某期刊總編輯曾特別來電，興奮訴說他們派駐採訪的記者及來自大陸的觀選團，在見證華人社會中少有的成熟機制、民主素養與活潑的選舉文化後，大受感動的事蹟。

在全球的文化版圖與分工裡，香港並非主要的創造者或生產者，而較屬於品評者或中介者，他們集藏喜好的商品，然後代理、推廣，既熟悉西方消費文化之神髓，也經常反映亞洲消費大眾之品味。因此當香港人對台灣許多事物具高度興趣甚至樂在其中的時候，代表台灣的軟實力已有一定的可觀性和市場吸引力。

但就文化深層觀察角度而言，香港旅客在台灣搭捷運，吃牛肉麵，甚至發掘隱藏於巷弄間的美食與生活情趣，並不代表對台灣已有深刻認識，吾人亦不至於只藉由媒體的報導或觀光客的印象來評估我們自己真正的優點與缺點。

舉例來說，物價便宜可以只是相對的現象，更可能是台灣物價凍結過度，在各方面亦長期被Underestimate的無奈結果，美食美味則各有偏好、十分主觀，壯觀懾人的自然風景亦非我們所獨有。

因此在此，我想將一年多來在香港的觀察、體驗，加上與一些意見領袖、文化人士交換意見所得，分析、歸納出我所認為的，台灣軟實力的強項與弱點。

貳、台灣的文化優勢

文化是一個抽象而含混的概念，所以很多人只能從具體的活動或形式來理解它。但是文化並不只是藝文活動，它較周延的意涵是指：群體在生存發展的過程裡，對於價值的實踐、創造與反省的活動與積累。文化反映在生活上就是生活態度，以及對美好事物、美好生活的想像力。台灣與香港雖各有所長，毋需強分軒輊，但是我們還是可以從比較中發現台灣的相對優勢：

一、文化深入生活　具人文社會雛形

當我們說一個社會比較有文化，通常意指其文化意識較為普及，社會基礎較為深厚，相關的產業與活動較為活躍。香港有極為活躍的文化活動，而且非常國際化，藝文媒體的內容也精緻生動，但為何有些香港及外界人士仍覺得香港沒有文化？我想這來自對於文化的社會基礎的印象。不同態樣的文

化雖有近似的本質，但所衍生的文化活動卻往往有不同的屬性。有些文化活動因較具階級穿透性，有助於弭平階級差異，從而擴大、厚積文化的社會基礎；有些文化活動則因僅為少數人所能享有，反而鞏固了階級差異，疏離了群眾（香港傲視全球的鋼琴學習風氣，我想也有些階級意涵）。香港活躍的文化活動頗多是以舞台表演藝術為主，從表演場所、票價、氛圍到內容都更適於特定階級的觀眾，大部分市民既不關心也較無參與機會。反之，台灣就有較多具階級穿透性的文化活動，例如：各地的社教場館借給各種自發性的藝文活動；平價或免費的小眾表演、戶外表演隨處可見；普及的出版事業及閱讀推廣，讓窮學生和有錢人在一樣的立足點（例如大約新台幣兩、三百元的代價）享有書上的知識、觀點、樂趣與資源；此外，高價的文化展演也可透過企業贊助、媒體的複製與傳播來降低分享門檻；台灣許多媒體、特別是廣播電台、平面媒體對文化活動的報導，也比一般香港媒體來得熱心投入、認真專業。

台灣的政府官員、意見領袖也更尊重文化人、更樂於倡導藝文、推崇文化，透過他們的知名度與影響力，給予社會良好示範。

二、活躍的文化圈　引領人文精神

關於台灣文化的社會基礎，我先前在香港城市大學演講「從誠品談起」時，特別提到：從數字報表來看，誠品其實不算是一個成功的文化創意產業，但是從影響力和象徵性而言，則是非常珍貴的社會資產。誠品的成功之處，在於熟悉並呈現出台灣文化可觀的社會基礎（即：相當多的人已經視閱讀與藝文為建構個人美好生活的要素），透過風格鮮明的空間、高品質的靜態與動態內容，創造出一個相互吸引的同心圓消費族群：最核心是文化明星和意見領袖；再來是文化工作者，彼此相互耳聞的圈內人；再來是認同他們的年輕學生、白領階級等Heavy User；最後動員出數量龐大的一般消費者。

這樣的現象會提前發生，因為台灣有個華人世界最為活躍的文化圈。也許受到傳統士大夫或知識分子理念的影響，台灣的文化人頗受尊重，文化圈範圍特別廣泛，不只是作家、藝文界人士、學者、專家、建築師、媒體人，也包括部分社運界、醫界、高科技界與政界人士，他們常常是某些觀念的倡導者、某些價值的批判或捍衛者，熟習應用各式媒體或活動作為平台來交流、討論、串連，對社會形成示範與影響力。他們的背景、專長、理念往往不同，卻使用同一種語言，那就是某種理想主義式的人文關懷、人文精神。

一個社會是否有文化，還要審視其有無人文精神。這是相當重要卻鮮為人注意的文化指標。我們前面說過，文化並非只是藝文活動，它最重要的本質是價值的判斷、表現與探索，也就是所謂「價值觀」的體現。一個有文化的社會，其中的人們常常可以為了某種價值觀或生活態度，去放棄或降低權力、利害與財富等更接近本能的價值。當一個社會有許多人會為了生活態度、美好價值、生態環保、個性發展、追求自我，而寧可少賺些錢，作更多付出、甚至對利益與權勢說不的時候，它就是人文的社會，而台灣在這方面已越趨成熟。

三、傳統不間斷　現代不設限

我個人一直很珍惜一個重要的事實：二十世紀的下半個世紀，台灣社會是全世界唯一以中華文化為主體來進行文化教育與發展的社會。而這使她一度成為中華文化的「中原」。在上個世紀的後半段，香港仍是英屬殖民地，中國大陸還受困於文化大革命的狂潮，其他活躍的華人社會如新加坡，亦由於國際化和族群政治的考量而崇英抑華，關閉了南洋大學。只有台灣，姑不論是何種政治動機，則盡全力在推展中華文化復興，讓台灣比起其他華人社會，多了較寬裕的時空來落實、發展、改良中華文化。

台灣以中華文化為主體所產生的優勢，可以從人民有禮有節的言行舉止、規矩典雅的公共治理、根脈淵遠的藝文創作，以及各行各業都能豐富、貼切地使用中文來證明。有了博大精深的文化傳統，甚至有助於我們吸收、了解異文化以及其他更精深的文化、準確吸收最先進的理念或科學精華。觀察香港一般報刊媒體，會覺得它們標題上的遣詞、用語較為生猛、淺顯；賽馬新聞中，馬匹取名總是大富大貴、大吉大利的字眼，街頭餐廳名稱也多不離富豪、富貴等字號。台灣有些地方也會這樣，但是在較公眾、較高規格的場域，即使是房屋建案或餐廳、商店，常有極具創意而優雅的文字，令人會心一笑，充分反映台灣的文化底蘊。

我一直有個論點：香港雖然有強悍自尊的廣東人為主的中華文化，主體性鮮明的各種傳統也根深柢固於民眾的情感中。但不可否認的是，在英國一百五十多年的殖民統治下，中華文化漸漸被迫與英語文化分工：家庭生活等私領域還是由傳統中國觀念主導，但在上層建築的活動，例如面對國際、面對現代化及城市治理、產業管理、學術研究等方面，迄今仍由英文思考的心智來主導。因此香港的中華文化相比於其他地方有時更加保守、傳統，原汁原味，但也較沒有機會進步；社會位階也較低（現在顯著改善，但是比較一下早年的英文書店與中文書店品質，便可感受這差距）。台灣的中華文化雖曾定於一尊，但始終受到國際化、現代化、民主化、科學化、在地化等強烈需求的種種挑戰、修改及調整，所以包容了現代文明、先進思想、民主精神、本土記憶與經驗，也步入後現代主義甚至去中心化的思維。

她已是一種被迫進化，且不同於當初推動者記憶中的中華文化。

叁、台灣的社會優勢

一、階級不明顯　人人一樣大

二〇一〇年我接受香港「亞洲周刊」訪問時，特別提到「關於台灣的軟實力，我最想強調的只有一點：那就是台灣是我見過亞洲最平等的社會。」

台灣社會平等的體質，即使比起歐美那些民主、開放的國家也不遑多讓。在台灣雖然貧富懸殊的問題日益嚴重，但是鮮明的階級意識或階級文化還不明顯，生活在這個社會裡，仍有足夠的共同經驗、共同記憶、共同價值來凝聚共識與團結。

也許是因為這個由移民與難民形成的社會還沒有足夠時間沉澱出階級；也許是「富而不驕，貧而無諂」的傳統價值還主導著我們的行為與觀念；也許是中小企業的傳統產業型態拉不開勞資的距離；也許是同情弱者的悲情情懷，也也許是投票當天大家的選票等值……總之，台灣社會的相對平等，是我最肯定也最感自豪的。

「平等」最顯著的效應，就是在這個社會生活，你沒有直接或間接表白自己身分的壓力，不需要衣冠楚楚、不需要裝腔作勢、不需要隨扈重重，也不需要隨時隨地在掂量自己和別人的斤兩。因為不論你的身分為何，你在餐廳、賣場、公家機關所受到的待遇大概都跟別人一樣，一樣好或一樣壞。

二、價值多元化　個性就精采

台灣的軟實力除了文化上、社會上的優勢之外，還有由此衍生出來的多元化，特別是價值觀的多元化。我們常說一些先進的民主社會有所謂多元文化，但「多元文化」和「多元價值」並不能等同。西方富裕國家以其進步、繁榮和工作機會吸引外來移民，並不一定代表真正的多元化。在資本主義社會中，有時多元化只是賺錢手段的多元化，本質上仍以金錢、貧富為價值考量。香港這個有許多外來人口的大都會即是如此：在這個垂直的社會裡，依據財富及地位所建構的階級頗為分明，許多人有意無意帶著階級意識，也謹守著不同階級的進退分寸。

台灣的價值則相對多元，在許多領域中，可看到有些人物會以其信念或個性來詮釋他的事業，其注入人文色彩。所以在台灣比較容易遇見更像文青或生活哲學家的建築師；大部分醫生也不會讓人覺得是只在意賺錢的天之驕子；有些專業人士甚至放棄優渥的薪水，義無反顧地投身於更具理想性的工作。曾幾何時，這個社會多年來已發展出各種慈善、出世思想，尊重個性與自我、尊重自然與生態、尊重民主與自由、關心社區文化與發展等多元價值。

在台灣，商業或經濟上的成就並不是唯一的成功法門，還有許多方式也可以贏得幸福與尊敬。因此在這座島嶼上，有許多人以不同的方式實踐著他們特有的生活態度或人生觀：像先秦墨家一樣以工程技術行善的造橋團、打造出「環球救難隊」的出家人、傳教士般推展教育和文化理念的觀光業者、比詩人更高蹈耽美的廣告業者、研發生態農技來生產稻米的攝影師、回到山野重建部落生活的留學生……

多元價值的好處為何？如果一個社會只認財富或權勢這樣的價值，那麼所有人都會被迫在單一跑道上競爭，而只有賠合或部分賠合該條件的人才會勝出或覺得快樂，大部分人則落在後頭、備感挫折。如果一個社會有多元的價值，就好像每個人可以選擇在不同的跑道上競爭，他們的心情會寬裕許多，因為每個人都可以找到較喜歡、較擅長、較具競爭能力的領域來參與，更有機會獲得自己、別人或社會的肯定，人的個性也可以得到充分的舒展。

「多元化」也有助於「個性化」（而個性化是文創產業的主要「咒語」

之一）。我來香港之前及初到香港之時，曾投注心力觀察、學習這座耀眼的城市。在這當中，我很快發現到香港是一個高度緊張、非常現實的社會（在搭乘電梯時很好觀察），而香港人的寬裕心情、幽默感和個性相對被壓抑了。這不禁讓我想起在台灣長期投身文化工作的歲月中所認識、結交與耳聞的一些精采人物。於是我到光華文化中心所推出的第一個活動，就是「台灣式的言談」系列講座，希望把我認識的各式各樣精采、有趣的朋友介紹給香港，我們先後邀請了詹宏志、王文華、嚴長壽、陳文茜、劉克襄、韓良露、李清志等知名文化人（他們不但要有精深的專業知識、優異迷人的表達能力，更要具有鮮明的個性或生活態度），得到相當好的反應與評價。

在有些華人社會，成功者對美好生活的想像往往千篇一律；累積財富，功名利就之後，不外乎：豪奢消費各式名牌、大肆購置國外房產、不時結交影劇明星，經常在娛樂版面曝光，成為許多人欣羨的對象，重複著炫富的循環。但是在台灣，很多同樣成功的人，卻示範出較為多元的、美好生活的想像與實踐：高身價的企業家親手實現年輕時代的夢想，高科技界的老闆追求更接近個性的生活風格，產業界的大老在小吃攤前打扮樸素如高中生，不少達官顯貴始終維持一貫的親切、謙和或謙虛。因此，我真心認為，台灣文化最成功的地方，就是創造出許多精采的人。只有精采的人才有更精采的文化，這是不變的道理。

三、社會民主化　好的遊戲規則生產出好的公民

那麼，何種社會才會產生精采的人？簡單的說，好的遊戲規則就會產生較好的人民。但是這句話有點弔詭，因為我們也會說，產生好的人民的，就是好的遊戲規則。無論如何，我的想像是這樣的：第一，是這個社會必須懂得重視文化的價值；第二，重視教育，並理解到除傳統認知的教育機構外，整個社會就是一個更有效的教育機制；第三，這個社會必須多元、包容，讓個人得以發展、發揮個性；第四，這個社會必須敏於求知、敏於感受，擁有客觀心智，接受新的事物；第五，擁有優質民主的社會與生活文化。

我不知道在這幾個條件中，台灣真正具備了那些。但是關於民主社會這一部分我想多提一點。民主，除了在選舉當天投票之外，更是一種生活方式，例如：它創造出大家可以共同參與、監督的遊戲規則：如果你想要出人

頭地，得到多數人的信賴，你必須開發出正面的能量與貢獻，放到一個開放的市場中，接受別人的評價和檢驗；在這樣的氛圍裡，人們會更勇於表達自我，也尊重別人的表達；票票等值暗含人人平等的價值，它大大降低特權的正當性，也使得弱勢者有了被重視的時刻；投票或數人頭表示我們有解決分歧的基本方式，而任何分歧在合法解決之前都要被容忍；藉由投票的行使，也拉近個人和社會上層建築之間的距離，讓你更有權利意識和責任感。

肆、挑戰2

當然我們在提升文化軟實力方面也不是沒有隱憂的。所謂「軟實力」，是不經過武力的脅迫，也不需經過金錢的購買所產生的影響力。它來自於：你所創造出來的生活方式、各式商品甚至各種主張獲得別人的喜好與認同，從而產生吸引力或向心力。我在台灣住的時間更久，除了優點之外，看到的缺點也更多，不過我還沒有找到詳細探討它們的更好的時刻，只能約略在此提一下：

一、大政府小社會的社會體質

在傳統的父權政治體制之下，我們社會的民間力量往往顯得被動、自我設限，許多較困難、具有風險或屬於公共事務的領域總是期待由政府來做。也就是說我們的社會體質是大政府、小社會的。可是隨著民主政治的深化，我們所追求的，卻是小政府、大社會的政治美學。但是這種英美式民主、處處對政府功能制衡、設限的體系，需要一個十分活躍、主動、幾乎無所不能的民間社會。於是我們的願望和我們的能力產生了矛盾。這樣的矛盾放在文化創意當道的時代，更顯得捉襟見肘。因為不論是大政府，還是小政府，基本上公務機關或人員的專業職能就不在於態度、品味、主觀表現或市場意識，而在於公平、公正、公開，這使得他們應付文化創意方面的問題時顯得力不從心。因此，如果在文化創意這一領域，台灣的民間或企業還指望政府

2 第四部分在報告原文為「結語——台灣的挑戰」，由於時間關係，當時主要以口頭約略帶過，在此則稍微周延地做了補充。

來引領，就完全本末倒置了！

二、前現代的後現代心智

前現代的後現代意味著中間階段「現代性」的闕如。這個萌芽於工業革命後的「現代性」與都會化的心智，帶著邏輯的嚴謹、機械論的美學，極端重視科學與理性、系統與條理。相對的，在此之前的人類傾向於迷信與直覺；在此之後的人類則厭倦於理性或所有系統性思維。

長久以來，我們的人民較少邏輯與思考訓練，觀念含混、表達不清，無法就事論事，也缺乏客觀化的心智。許多觀念的啟蒙多流於表象，社會運動或創作活動的動能多來自於感性與直覺，較少來自充分的知識與理性的思考。

因此我們的創意發想缺乏縱深，文創產品門檻較低、完成度較低、工序與思慮較不嚴謹，產業的專業基礎不易建立。

三、觀念不清楚　遊戲規則不周延

由於思考力薄弱，我們據以規劃、做事的觀念往往含混不清。這也會導致我們訂定的規則或法令效果不彰或窒礙難行。例如：文化事業和文創產業的區隔在哪裡？它們該如何評量？經營與管理的差別在哪裡？為什麼我們防弊時總是防君子不防小人？為什麼我們鼓勵時，想鼓勵的對象總是遙不可及？

而最弱的一環，總是在遊戲規則的制定者：行政單位訂規則傾向於自保，所以訂得嚴格而令人生畏，甚至難以徹底執行；他們要的是一旦出事時，所有不准的狀況早已密密麻麻規定，所有要擔的責任早已乾乾淨淨推清。民意代表就更不用說了！利益團體、民粹主義、媒體效應……都讓原本低落的立法品質更加低落。

四、美學修養的闕如

相較於香港，我們的美學修養缺少專業且普及的示範。無論是建築設計或物業管理，無論是公共空間還是櫥窗擺設，細節跟美感的品質有著密切的關係，跟「用心」有著密切的關係。

「不用心」聽起來是一句輕輕的責備，其實指的就是缺乏美學意識的野蠻狀態。

文字作為一種溝通的符號，知識傳遞的工具，同時也是文明的象徵。所以消除文盲、提高識字率，從上上世紀以來就是各國全力以赴的任務。在媒體時代，形形色色的視聽媒介也在傳遞著大量的訊息，它們不只傳遞知識、思想，也傳達態度與對美好生活的想像。

當我們對美的想像枯竭，醜陋的事物遍佈而無感，俗傖的內容充斥而麻木，根源於文明心靈的軟實力如何產生？

五、策略的想像以及其它……

年表索引

【創意與思考】

「例外」是可以被經營的　2013-08-19・聯合報・A4・要聞

蝴蝶養貓三分俗氣　2015-08-04・聯合報・A15・民意論壇

【規則的想像】

推己及人　2017-11-09・聯合報・A15・民意論壇

夢可敵國　2015-03-08・聯合報・A15・民意論壇

美感五盲　2015-06-25・聯合報・A15・民意論壇

尋找戰馬——完成度是實現夢想的指標　2016-08-07・聯合報・A15・民意論壇

關於恐龍的滅絕——遊戲規則的思索　2016-06-13・聯合報・A13・民意論壇

人類是自己創造出來的新物種——遊戲規則的思索二　2016-06-30・聯合報・A15・民意論壇

從荊棘到常春藤——我的大學教育想像　2017-01-11・聯合新聞網・udn鳴人堂

尋找執政的正當性	2017-07-03・聯合新聞網・udn 鳴人堂
真理也需要制衡——對「無限上綱」的警惕	2016-11-22・聯合新聞網・udn 鳴人堂
誠品、上海、文化圈	2013-06-27・聯合報・A20・民意論壇

【城市觀察】

垂直的世界與水平的世界	2011-04-08・聯合報・A4・要聞
大店員與小店主	2011-04-26・聯合報・A4・要聞
香港朋友帶路	2014-02-22・聯合報・A19・民意論壇
香港最美的風景	2017-12-27・聯合新聞網・udn 鳴人堂
格蘭披治和鄭氏大屋	2013-12-04・聯合報・A15・民意論壇
時光走廊——台北市的懷舊之旅	
歷史考題	2015-10-05・聯合報・A15・民意論壇

【閱讀與體驗】

如歌的行板	2014-10-22．聯合報．A19．民意論壇
阿達一族、曼德拉與昆德拉	2014-01-28．聯合報．A17．民意論壇
吃吃的電影之愛	2017-06-20．聯合新聞網．udn鳴人堂
美好的閱讀	2015-12-08．聯合報．A15．民意論壇
詩史中讀詩	2008-09-28．中國時報
二〇一五十大好書總評	2015-12-26．中國時報．開卷
星星是有益健康的	2014-12-14．聯合報．A15．民意論壇
只有海可以療癒	2014-11-25．聯合報．A15．民意論壇
到天空騎單車去	2014-08-25．聯合報．A15．民意論壇
人妖共處的世界	2016-10-19．聯合報．A15．民意論壇

【寫作與思索】

寫作與科技——聯合報「相對論」主題之1	2015-11-2・聯合報・副刊
文學是否該介入政治？——聯合報「相對論」主題之2	2015-11-09・聯合報・副刊
文化的強勢與弱勢——聯合報「相對論」主題之3	2015-11-16・聯合報・副刊
中文文學有無普世價值？——聯合報「相對論」主題之4	2015-11-23・聯合報・副刊
離地與落地——聯合報「相對論」主題之5	2015-11-30・聯合報・副刊
讀字族假說	
書緣二三事	
十一號公路	2008-01-27・中國時報・「旅行台灣」
穿越德累克海峽	2007-11・印刻文學生活誌，第51期

當代名家・羅智成作品集3

知識也是一種美感經驗

2018年2月初版　　定價：新臺幣350元
有著作權・翻印必究
Printed in Taiwan.

著者	羅智成
編輯主任	陳逸華
叢書編輯	黃榮慶
校對	黃榮慶
	羅智成
封面構成	羅智成
封面設計	海流設計Flowing Desing

出版者	聯經出版事業股份有限公司
地址	新北市汐止區大同路一段369號1樓
編輯部地址	新北市汐止區大同路一段369號1樓
叢書編輯電話	(02)86925588轉5307
台北聯經書房	台北市新生南路三段94號
電話	(02)23620308
台中分公司	台中市北區崇德路一段198號
暨門市電話	(04)22312023
台中電子信箱	e-mail：linking2@ms42.hinet.net
郵政劃撥	帳戶第0100559-3號
郵撥電話	(02)23620308
印刷者	世和印製企業有限公司
總經銷	聯合發行股份有限公司
發行所	新北市新店區寶橋路235巷6弄6號2樓
電話	(02)29178022

總編輯	胡金倫
總經理	陳芝宇
社長	羅國俊
發行人	林載爵

行政院新聞局出版事業登記證局版臺業字第0130號

本書如有缺頁，破損，倒裝請寄回台北聯經書房更換。　ISBN 978-957-08-5081-9 (平裝)
電子信箱：linking@udngroup.com

國家圖書館出版品預行編目資料

知識也是一種美感經驗/羅智成著．初版．
臺北市．聯經．2018年2月（民107年）．256面．
14.8×21公分（當代名家・羅智成作品集3）

ISBN　978-957-08-5081-9（平裝）

855　　107000592